BARBARA CARTLAND

sous la lune de Ceylan

traduit de l'anglais par José LACAZE

Éditions J'ai Lu

Ce roman a paru sous le titre original :

MOON OVER EDEN

NOTE DE L'AUTEUR

Lorsque je visitai Sri Lanka, en 1975, je fus bouleversée par la beauté presque incroyable de ce pays exquis, par le charme et la gentillesse de ses habitants, en même temps que fascinée par son histoire.

Le contexte historique de ce roman est authentique. La culture du thé, après le désastre qui avait anéanti celle du café, connut une extraordinaire réussite.

James Taylor ne fut pas seulement l'homme qui, en sa qualité d'administrateur suprême de l'île, permit au thé de devenir la culture essentielle de Ceylan. Il fut aussi celui qui organisa sa commercialisation dans le monde entier.

Son initiative, qui ne visait à l'origine qu'à sauver des milliers de gens ruinés par l'effondrement des cours du café, devait vite représenter un immense espoir de relancer l'économie du pays jusqu'à un niveau encore jamais atteint.

Après sa mort, ses ouvriers lui donnèrent le titre de *Sami Durai* : « le maître qui était un dieu. »

1

1888

Lord Hawkston aspira longuement, profondément, l'air parfumé et tiède. Les yeux levés vers le ciel étoilé, il se sentait tout entier pénétré par cette douce chaleur qui l'environnait, le baignait de ses ondes bienfaisantes et faisait ses muscles plus souples, son corps plus léger. Il se rendait compte combien ce climat lui avait manqué durant son séjour dans la froide et grise Angleterre.

Il reprit sa marche dans l'herbe, reconnaissant au passage le parfum des magnolias — l'adorable fleur de lune —, celui des jasmins et des lauriers-roses. Ils embaumaient la nuit et, le jour, offraient l'abri de leur ombre contre l'ardeur du soleil.

Pendant les vingt-six jours du voyage, lord Hawkston avait attendu de revoir Ceylan avec l'impatience d'un enfant qui rentre à la maison pour les vacances. C'était assez naturel : il avait passé seize ans de sa vie dans ce lieu enchanteur, cette « île paradisiaque » où, d'après les musulmans, Adam et Eve auraient trouvé refuge lorsqu'ils furent chassés du jardin d'Eden.

En Angleterre, il était facile de se moquer du nom que lui donnaient les brahmanes : « Lanka la resplendissante », ou les bouddhistes : « La perle précieuse posée au front de l'Inde », ou encore les Grecs : « Terre divine où naquit le lotus. » Mais sitôt à Ceylan, la splendeur des sites et le climat mystique justifiaient cette ferveur.

Ainsi pensait lord Hawkston au tempérament pourtant peu romantique. Il avait, au contraire, la réputation d'un homme froid, réservé ; celle d'un patron exigeant et même impitoyable dans certains cas. Mais son excuse était d'avoir mené longtemps une vie difficile. Sa réussite, il la devait à son acharnement à conquérir et à dompter sa terre. A l'obstination dont il avait fait preuve, en dépit de ceux qui lui donnaient tort.

Songeur, il revint vers la Maison de la Reine — nom dont on désignait à Colombo la résidence du gouverneur général — en imaginant déjà ce que serait son retour à la plantation.

Quelle joie de revoir tous ceux qui l'y attendaient : ses amis, ses coolies... Ils allaient lui faire un accueil triomphal. Lord Hawkston avait hâte de se retrouver dans la belle demeure, qu'il avait lui-même construite sur l'emplacement du petit cottage, à l'origine son seul abri !

Il était perdu dans ses pensées lorsque, soudain, un mouvement de contrariété lui échappa en percevant une présence dans le jardin. Pour aller faire cette promenade au clair de lune, il avait cependant pris soin d'attendre que le gouverneur et ses hôtes se soient retirés dans leurs appartements. La solitude lui était nécessaire pour évoquer certains souvenirs et donner libre cours à l'émotion qui l'étreignait. Or, quelqu'un venait dans sa direction, à travers la pelouse.

Il se jeta de côté, dans un fourré de bambous dont les tiges emplumées le dissimulaient en partie. A moins que cette personne ne fût délibérément sortie à sa recherche, elle passerait près de lui sans le moindre soupçon.

L'inconnu passa tout près de lui, et un rayon de lune l'éclaira. Lord Hawkston reconnut un jeune militaire, le capitaine Patrick O'Neill, qui avait voyagé sur le même bateau que lui et qui, en compagnie de plusieurs camarades, revenait de permission. Se trouvant ensemble à la table du capitaine, lord Hawkston et lui avaient échangé quelques mots. Mais très vite le planteur avait fui la fréquentation de ces jeunes gens dont les plaisanteries l'agaçaient un peu. Il n'était plus en âge de s'en amuser.

Cependant il avait jugé O'Neill plus sérieux, plus mûr que les autres et s'était dit qu'il ferait, plus tard, un officier très valable.

Lord Hawkston pensa que O'Neill faisait une ronde. Il était sans doute responsable de la garde, cette nuit, et il vérifiait que chacun était bien à son poste.

Tout à coup, il le vit obliquer vers la grande maison. Comme beaucoup de demeures coloniales, celle-ci avait une façade imposante, mais l'arrière était beaucoup plus modeste. Elle n'offrait à la vue que deux longues vérandas, une par étage. L'été, on s'y installait pour dormir, à l'abri d'un fin treillis. Mais on était en février, et les vérandas, sans les treillis, ne formaient plus que deux balcons longeant toute la largeur de la bâtisse, et ouverts sur les jardins.

Soulagé, lord Hawkston estima qu'il ne risquait plus d'être découvert. Il suivit du regard le capitaine O'Neill qui se dirigeait vers le mur, au pied duquel il s'arrêta. Puis, levant la tête, il émit un sifflement léger et modulé. Intrigué, lord Hawkston se demanda qui allait lui répondre.

A la fenêtre d'une des chambres situées au-dessus du jeune homme, une forme blanche apparut. Une femme ! Elle était blonde, avec de longs cheveux qui, lorsqu'elle se pencha par-dessus le balcon, croulèrent en cascade. Sans doute s'entretinrent-ils, mais lord Hawkston était trop loin pour les entendre.

Quel message O'Neill avait-il été chargé de lui transmettre ? Lord Hawkston n'eut pas le temps de se perdre en suppositions. Soudain, il vit le militaire s'agripper à l'un des montants qui supportaient la véranda, y grimper pour atteindre le balcon, enjamber la balustrade et sauter à pieds joints à côté de la belle.

Ce n'était pas vraiment un exploit, mais tout de même... Et ce qui suivit mit le comble à sa stupéfaction : le couple se rapprocha d'un même élan fougueux et, pendant un moment, il fut l'image même de l'amour. Lèvres jointes, la chevelure de la femme recouvrant une épaule de l'homme presque jusqu'à la taille, immobiles dans leur extase, ils formaient un magnifique modèle pour un sculpteur ! Enfin, ils s'écartèrent l'un de l'autre et pénétrèrent ensemble dans l'obscurité complice de la chambre.

Lord Hawkston reprit son souffle un instant suspendu.

Il connaissait bien celle à qui le capitaine rendait une visite si clandestine, mais, sur le moment, il n'en éprouva aucune amertume. Il était trop surpris et, en quelque sorte, saisi d'admiration pour l'audace des deux jeunes gens.

Pourtant, cette jeune fille, qui embrassait si passionnément le capitaine O'Neill, n'était autre que l'honorable Emily Ludgrove, celle que lord Hawkston lui-même avait accompagnée de Londres pour lui faire épouser, à Ceylan, son neveu Gerald Warren !

Lorsque, dix-huit ans plus tôt, lord Hawkston qui n'était alors que Malcolm Hawk avait décidé de se rendre à Ceylan, il était âgé de vingt et un ans et le fils cadet du plus jeune fils du lord Hawkston de l'époque.

Il n'avait aucune chance d'hériter un jour du titre

et du domaine, et son père, désargenté, n'avait pas les moyens de lui procurer une situation lucrative en Angleterre.

Mais, à sa majorité, il reçut en héritage une somme de deux mille livres. Inspiré par la lecture d'un article où il était question de la récente mais lucrative culture du café dans l'île de Ceylan, il décida d'employer ses deux mille livres à visiter ce pays pour, si possible, y faire fortune.

Ceylan était alors à plusieurs mois de voyage et on en parlait en Angleterre comme d'une île du bout du monde.

Dix ans auparavant, en 1860, la culture du café y avait pris un essor considérable après que des planteurs britanniques, aux initiatives hardies, eurent investi là-bas d'énormes capitaux.

Malcolm Hawk, lorsqu'il était à Oxford, y avait fait la connaissance d'un Ecossais qui, depuis, était parti pour Ceylan, trois ans plus tôt, et qui lui écrivait des lettres enthousiastes sur les possibilités qui s'offraient dans l'île à tout homme énergique, ambitieux et tenace.

Après enquête, Malcolm apprit qu'en 1870, l'année de ses vingt et un ans, le fret de café sur les bateaux marchands en provenance de Ceylan atteignait cent mille tonnes.

Son père fut surpris de sa décision de devenir planteur de café. Il avait pensé qu'avec ce petit héritage qui lui venait de sa grand-mère le jeune homme chercherait plutôt à voyager.

— Ne vous engagez pas inconsidérément dans cette aventure, mon garçon, lui conseilla-t-il. Etudiez d'abord sérieusement votre affaire. Vous réussirez mieux, à mon avis, aux Indes ou à Singapour.

Mais dès que Malcolm Hawk posa le pied sur Ceylan, il sut que c'était là, et non ailleurs, qu'il voulait vivre et travailler. Et, pour ce qui est du travail, il n'en manqua pas !

Il n'avait pas mesuré l'aridité de sa tâche. Mais après l'acquisition de deux cent vingt-quatre hectares, au prix de deux livres et demie l'hectare, il se trouva devant un terrain — une jungle — qu'il lui fallait, coûte que coûte, défricher.

Il lui fallait engager au moins quatre-vingts hommes pour faire ce travail et leur salaire épuiserait très vite son argent. Mais il s'était lancé dans l'aventure et était décidé à la poursuivre jusqu'au bout.

Vint le jour où l'air résonna, dès l'aube, du choc alterné des haches, du fracas des arbres abattus, du grincement des scies et du martèlement des masses. Mais il ne suffisait pas d'abattre les arbres ou de raser les essarts. Il fallait ensuite arracher toutes les racines, même les plus profondes, pour préparer le sol à la culture.

Malcolm avait eu néanmoins la chance, aussitôt débarqué, de faire la connaissance, grâce à son ancien condisciple d'Oxford, d'un Ecossais de trente-cinq ans, nommé James Taylor, qui avait acquis une grande expérience et qui, tout aussitôt, le prit en sympathie.

A l'âge de dix-huit ans, James Taylor avait signé un contrat de trois ans avec les représentants londoniens du domaine de Loolecondera, situé à cent vingt kilomètres environ au sud-est de Kandy. L'avantage d'être à proximité de cette ville : la ligne de chemin de fer de Colombo y passait.

Elle offrait aux planteurs un moyen beaucoup plus rapide pour le transport de leur café que les chariots à buffles qui se traînaient durant des semaines sur la route militaire menant au port.

James Taylor conseilla à son ami d'acquérir un terrain proche de Loolecondera, situé au centre de l'île, dans une région montagneuse. Ce que le jeune homme s'empressa de faire.

Comme cet Ecossais à son arrivée à Ceylan, Malcolm Hawk fut fasciné par la beauté du site. James

Taylor lui indiqua le moyen d'obtenir une solide équipe de coolies venus de Tamil et lui conseilla vivement de bâtir lui-même sa demeure. Un petit cottage suffirait, pour commencer.

Et, plus tard, il ne lui ménagea ni ses encouragements ni son aide, durant les années que mit Malcolm à défricher et planter, avec une ardeur au travail acharnée et exemplaire.

Aujourd'hui, au souvenir de ces années-là, lord Hawkston avouait qu'elles avaient été les plus belles de sa vie. Il avait mené à son terme une grande tâche et était devenu son seul maître.

Néanmoins il devait reconnaître que s'il n'avait pas tout perdu, c'était grâce à James Taylor.

Durant dix ans, la culture du café fut si florissante et si lucrative que Malcolm Hawk crut bien avoir trouvé le filon pour faire fortune. Sa terre valait alors soixante-dix livres l'hectare, soit vingt-huit fois son prix d'achat.

Mais, en peu de temps, les jours de gloire du café ne furent plus qu'un souvenir.

Une maladie, particulière à cette culture, décima les plantations, et ruina l'industrie qui en vivait.

Pour tous les planteurs, ce fut une catastrophe, un véritable désastre.

Malcolm Hawk fut, cependant, l'un des rares à s'en tirer, grâce à James Taylor dont l'amitié vigilante ne se démentit à aucun moment.

En 1866, Taylor avait reçu de l'intendant des jardins botaniques royaux, à Peradeniya, des graines de thé.

Il en avait semé, pour essai, trente-six hectares à Loolecondera, ce qui représentait environ cent kilos de graines.

Lorsque Malcolm Hawk s'était installé, Taylor lui avait conseillé de tenter cette expérience en sacrifiant, comme lui, trente-six hectares et convenant de lui faire cadeau de la semence.

Ce sont ces trente-six hectares qui avaient sauvé la plantation !

Malcolm dut se remettre à l'ouvrage, arracher tout son café, et semer du thé à la place. Il retroussa ses manches et repartit presque de zéro.

Pendant ce temps, son ami Taylor mettait à exécution un vieux projet : le transport sur rail de son thé et par chariots, des champs aux entrepôts.

Les autres planteurs apprirent bientôt que la plantation de Taylor et celle de son voisin, Malcolm Hawk, prospéraient grâce au thé, et ils s'y mirent à leur tour. Bientôt, à la place des caféiers, on vit des théiers dans tout Ceylan. Quant à Malcolm, en travaillant comme un damné, il réussit à récupérer peu à peu la fortune qu'il avait crue à jamais perdue.

A aucun moment il n'avait pensé pouvoir devenir lord Hawkston, possesseur non seulement du titre, mais aussi du domaine. Il y avait six héritiers vivants avant lui quand il avait quitté l'Angleterre. Mais du fait de la guerre, des accidents, de l'incapacité due à l'extrême vieillesse, cinq d'entre eux avaient été éliminés l'un après l'autre.

Cependant, il ressentit un grand choc lorsqu'il apprit, en 1886, que son plus jeune oncle venait de mourir et qu'il était désormais lord Hawkston ! Le dernier du nom et, pour l'instant, le seul !

Il lui fallut donc rentrer en Angleterre, le cœur déchiré de laisser derrière lui sa plantation, maintenant de quatre cent quatre-vingts hectares, et ses amis dont le plus cher était James Taylor.

Ses amis, il les voyait de moins en moins. Il n'avait plus besoin de personne, menait son affaire de main de maître. Il lui arrivait de laisser passer trois ou quatre semaines sans faire de visite ni en recevoir, avec ses coolies pour seule compagnie.

Il vivait seul dans la grande et belle demeure qu'il avait bâtie lui-même, tout en haut de la colline, d'où il profitait de la brise quand la chaleur devenait trop pesante.

Pour les froids d'hiver, il avait prévu de larges cheminées, de style anglais, où l'on pouvait brûler des troncs d'arbres.

De plus en plus, Malcolm Hawk prisait la solitude. Le soir, il aimait se plonger dans un livre, mais, le plus souvent, après le dîner, il allait se coucher afin d'être dispos à l'aube pour retourner au travail.

De retour en Angleterre, il s'aperçut qu'il avait totalement oublié ce qu'est la vie d'un homme oisif, riche, élégant, que rien ne presse, qu'aucun souci grave ne tracasse, et dont la seule ambition est de profiter avec le moins d'ennui possible du temps qui sse.

A son arrivée, il eut suffisamment à faire pour ne pas s'ennuyer, même à Londres. Son oncle, malade, avait mis des années à mourir et négligé ses affaires. Il convenait d'instaurer une nouvelle gestion du domaine dont le fermage laissait à désirer ; en outre, acheter des machines agricoles, restaurer, voire reconstruire certains bâtiments vétustes.

Et, surtout, corvée majeure, prendre contact avec tous les autres membres de la famille.

Tandis qu'à Ceylan Malcolm Hawk était un chef et un organisateur, avec sous ses ordres une main-d'œuvre de paysans locaux, en Angleterre on attendait de lord Hawkston qu'il se montre le chef d'une lignée aristocratique nombreuse et dont la plupart des membres étaient certainement pauvres, avares et cupides.

Cependant, avant toute chose, il voulait trouver une personne capable de le remplacer à la plantation. Dans l'avenir, elle deviendrait, elle aussi, un bien de famille et il devait considérer son propre bien comme faisant partie de l'héritage qu'il laisserait un jour, en même temps que son titre, à un fils ou à un neveu.

Ce neveu, il l'avait déjà en la personne de Gerald

Warren, fils unique de sa sœur aînée. C'était un garçon intelligent, et qui venait d'avoir vingt-quatre ans.

Inquiet d'avoir dû laisser la plantation sous la direction de son second, un Cinghalais, lord Hawkston avait un peu précipité les choses en ce qui concernait Gerald, dédaignant la sagesse qui lui conseillait de montrer moins de hâte : après tout, ce problème n'était pas tellement urgent.

Il estimait que son neveu, à son âge, devait être capable de diriger une affaire prospère, bien rodée, et qui procurait des profits. D'autant plus qu'il n'y avait plus lieu de s'y échiner en des travaux harassants, comme il avait dû le faire lui-même pendant seize ans avant d'arriver à ce résultat.

Quant à Gerald, il était prêt à tout accepter et à tout promettre, soucieux avant tout de ne pas déplaire à son oncle.

Plus tard, lord Hawkston devait apprendre qu'il n'était pas particulièrement heureux parmi les siens et qu'il avait rompu presque toute relation avec les autres membres de la famille.

Juste avant d'embarquer, il avoua à lord Hawkston qu'il était fiancé à la fille d'un noble voisin, l'honorable Emily Ludgrove ; mais les parents de la jeune fille l'avait dissuadée de l'épouser avant son départ pour Ceylan.

D'ailleurs les Ludgrove n'étaient pas favorables à cette union. Ils avaient retardé les fiançailles autant qu'ils l'avaient pu sous prétexte que les perspectives d'avenir de Gerald n'étaient pas brillantes, et que lui-même semblait ne vouloir faire aucun effort pour les améliorer, se contentant de la petite rente que sa mère, veuve, lui versait régulièrement.

Cependant, l'intérêt que lui manifesta son oncle fit impression sur les Ludgrove qui acceptèrent finalement que Gerald et Emily se marient dans l'année.

— Je l'accompagnerai moi-même à Ceylan, promit lord Hawkston, quand je t'y rejoindrai.

— Il faudra donc que je l'attende encore un an ?

Gerald semblait déçu.

— Je le crains, mon garçon. J'ai tant à faire ici que je ne pense pas, en effet, en avoir terminé avant douze ou treize mois.

En fait, dix-huit mois s'écoulèrent avant que lord Hawkston puisse enfin quitter l'Angleterre. Emily ne semblait pas pressée et préférait attendre que le moment opportun de quitter Londres se présente de lui-même.

Sa famille, quoique ayant accepté ce mariage, estimait inutile de hâter les événements, et quand lord Hawkston fut prêt, de petits détails au sujet du trousseau d'Emily retardèrent encore le départ de deux mois.

Finalement, ils embarquèrent à Southampton et lord Hawkston put câbler à son neveu de venir les chercher à Colombo. Durant les neuf derniers mois, les lettres de Gerald s'étaient faites de plus en plus rares. Au début, il envoyait tous les quinze jours un rapport sur ce qui se passait à la plantation. Plus tard, lord Hawkston en vint à se demander si ces rapports étaient fidèles ou si Gerald ne lui avait écrit que des choses agréables, qu'il eût plaisir à lire, mais sans rapport avec la réalité.

Puis les lettres s'étaient espacées : d'abord mensuelles, elles devinrent bimestrielles et, pendant les six derniers mois, lord Hawkston n'en reçut que deux.

« Ce garçon a trop de travail là-bas, se disait-il. Je pense qu'Emily doit avoir plus souvent que moi de ses nouvelles. »

Il ne voyait que rarement la future épouse de son neveu. D'une part, il trouvait son père très ennuyeux et ne savait en général que lui dire. D'autre part, lord Hawkston était beaucoup trop occupé pour perdre son temps en visites de politesse. D'autant plus que les conventions sociales l'assommaient. Il avait tellement pris l'habitude de vivre seul que les bavardages insipides et les potins mondains finissaient par l'exaspérer en moins d'une heure.

Bien sûr son attitude ne facilitait pas ses relations avec autrui et lui portait tort. Mais il s'en souciait peu et, tout compte fait, préférait cette situation.

Un jour qu'il allait entrer dans un salon, il avait entendu l'une de ses cousines dire de lui :

« C'est un homme insaisissable. Je n'ai jamais pu comprendre ce qu'il avait en tête et je vous avoue franchement que c'est le dernier de mes soucis ! »

Cette déclaration avait été accueillie par des rires tandis que lord Hawkston, lui-même assez amusé, retardait son entrée.

Sur le bateau, il avait fait un réel effort pour se montrer plus sociable. Il savait par expérience que les relations qui se nouent à bord sont souvent éphémères et que sitôt à terre, elles sont oubliées.

Cependant, il s'était rendu compte qu'Emily — chaperonnée par un colonel et son épouse, qui retournaient à Colombo où le colonel était en poste — avait fait forte impression sur les jeunes officiers de l'armée britannique. L'un d'eux surtout, le capitaine Patrick O'Neill, semblait n'avoir d'yeux que pour elle.

Bien sûr, c'était une jeune fille séduisante, gaie, pleine de joie et d'entrain, s'amusant toujours et partout ; elle dansait, jouait aux charades, se déguisait quand une fête était organisée, et assistait aux concerts que l'on donnait parfois le soir. En un mot, elle ne manquait aucune occasion de se distraire !

Cette nuit, dans les jardins de la Maison de la Reine, il se reprochait de n'avoir pas attaché assez d'importance à l'attention fervente que lui portait le capitaine O'Neill. Il était maintenant devant cette évidence : durant la traversée, Emily avait perdu la tête et donné son cœur.

Lord Hawkston quitta l'abri des bambous et reprit sa marche. La situation était dramatique et il ne voyait pas comment en sortir. Une seule chose était sûre : il ne pouvait plus accepter qu'Emily devienne sa nièce.

Après tout, c'était une bonne chose que Gerald n'ait pu venir les accueillir à Colombo comme cela avait été décidé. A leur arrivée chez le gouverneur, lord Hawkston avait trouvé une lettre de Gerald, lui mandant qu'il était trop souffrant pour faire ce voyage, mais qu'il espérait être d'aplomb pour les recevoir à Kandy.

Cette lettre avait contrarié lord Hawkston. Il avait espéré que le mariage aurait lieu à Colombo, dans les plus brefs délais. Il aurait immédiatement expédié le jeune couple en voyage de noces et serait rentré seul chez lui.

Il voulait contrôler ce que Gerald avait fait en son absence, s'entretenir avec son second des innovations à apporter, et enfin revoir ses fidèles coolies.

La maladie de Gerald détruisait ses plans et le mariage ne pourrait avoir lieu qu'à Kandy.

La contrariété qu'il avait éprouvée quelques heures plus tôt lui paraissait à présent dérisoire : il n'y aurait pas de mariage du tout, mais bien plutôt une explication pénible avec Gerald à qui il lui faudrait annoncer la nouvelle en lui conseillant de se trouver une autre épouse.

« Cette diablesse de fille ! gronda-t-il. Comment ne s'est-elle pas méfiée d'elle-même ? On se tient sur ses gardes, bon sang, quand on est fiancée ! »

Mais, en même temps, il se reprochait de n'être pas rentré à Ceylan plus tôt. Dix-huit mois d'attente, c'est long, quand on est jeune !

Enfin, si Emily était assez légère pour céder aux regards énamourés du premier venu, mieux valait que cela se soit produit avant le mariage qu'après.

« Bon. Eh bien, je vais rentrer chez moi par le premier bateau », décida-t-il.

Pour lui, cette nuit, malgré sa beauté, était une nuit gâchée. Il tourna brusquement les talons et revint vers la maison. De toutes ses forces, il s'empêchait d'imaginer ce que les deux autres, là-haut dans la chambre, étaient en train de faire.

Ce matin-là, lord Hawkston demanda très tôt son petit déjeuner. Il se levait de table lorsqu'on vint l'avertir que quelqu'un le demandait. Etonné d'une visite aussi matinale, il suivit le valet, resplendissant dans sa livrée rouge et blanche, le long d'un large couloir jusqu'au salon où l'attendait, à son heureuse surprise, son ami James Taylor.

A cinquante ans, celui-ci était une sorte de géant barbu assez impressionnant. Il pesait dans les quatre-vingt-dix kilos et il aurait fallu trois doigts d'une main normale pour égaler son pouce. Mais, dès qu'il souriait, son visage dégageait un charme extraordinaire.

— J'ai su que vous étiez arrivé hier, Malcolm, dit-il en lui tendant la main.

— James ! Quelle bénédiction de vous revoir ! Je l'espérais bien, mais pas si tôt. Il me semble qu'il y a un siècle que je n'ai pas eu ce plaisir.

— Vous m'avez manqué. J'étais inquiet. Je commençais à me dire que vous étiez devenu quelqu'un de trop important pour nous revenir.

— Si vous saviez comme je languissais de rentrer ! Mais j'ai eu presque autant de travail là-bas qu'ici, quoique dans un tout autre domaine. Ça n'a pas été facile.

James Taylor eut un sourire avant de répondre :

— Rien de ce que nous entreprenons, ni vous ni moi, n'est jamais facile. Mais j'espère que vous êtes sorti vainqueur de l'épreuve ?

— Je ne sais pas, je l'espère aussi. (La pensée

d'Emily assombrit un instant ses traits. Puis il reprit :) Et mon neveu ? Qu'en dites-vous ?

— C'est un peu à cause de lui que j'ai voulu vous voir tout de suite.

Quelque chose, dans sa voix, alerta lord Hawkston :

— Est-ce qu'il a pris sérieusement les choses en main ? A-t-il fait du bon travail ? Dites-moi la vérité, franchement.

— Toute la vérité ?

— Vous me connaissez assez pour savoir que je ne me contenterai pas de la moitié.

— Très bien. Nous sommes de vieux amis, Malcolm, et ni vous ni moi ne nous sommes jamais raconté d'histoires. Alors autant vous le dire tout de suite : il faut que vous interveniez très vite au sujet de ce garçon.

— Que voulez-vous dire par là ?

James Taylor hésita un peu avant de répondre.

— Je pense que, à la différence de nous deux, il ne s'accommode pas de la solitude. C'est dur, nous le savons l'un et l'autre, de vivre seul, de passer de longues soirées sans personne à qui parler, d'être obligé de parcourir des kilomètres à cheval si l'on veut rencontrer un visage ami...

James Taylor parlait doucement, avec une note d'indulgence dans la voix. Mais lord Hawkston l'interrompit sèchement :

— Allez au fait. Il boit ?

— Euh... oui.

— Et quoi encore ?

— Il est maladroit et se tire d'affaire assez vilainement.

— Quel genre d'affaire ? (Comme Taylor gardait le silence, lord Hawkston insista :) Dites-moi ce qu'il en est, James, et sans vous croire obligé de prendre des gants.

— Bon. Entendu. Sachez qu'il a rompu le contrat habituel au sujet d'une fille.

Lord Hawkston fit entendre un petit sifflement consterné :

— Comment a-t-il pu faire ça ?

— Bien sûr il est normal, et nullement répréhensible, pour un jeune homme de se choisir une maîtresse, soit dans un village proche, soit dans une autre plantation...

Lord Hawkston hocha la tête sans protester. Le seul interdit pour un planteur était d'avoir une aventure avec l'une de ses employées.

— Votre neveu a pris une maîtresse cinghalaise un mois environ après son arrivée ici. Il y a quelques jours, il l'a chassée, sans lui accorder le moindre dédommagement.

Lord Hawkston se dressa d'un bond.

— C'est invraisemblable !

— Mais malheureusement vrai. Vous vous imaginez le scandale !

Lord Hawkston resta quelques secondes silencieux, le temps de reprendre son calme, puis il demanda :

— Je voudrais connaître les détails.

Il était dans les mœurs, et parfaitement accepté, que les Blancs, propriétaires d'une plantation, employés, ou célibataires, vivent en concubinage avec une fille du pays. C'était une très ancienne coutume reconnue tant par les planteurs que par les indigènes eux-mêmes. Nécessité fait loi, sous tous les cieux !

Les Portugais et les Allemands, qui avaient précédé les Anglais à Ceylan, épousaient très souvent leurs compagnes, après quelques mois de vie commune.

Les Anglais quant à eux procédaient autrement.

Un planteur qui désirait avoir une maîtresse devait s'entendre avec le père de celle-ci. La jeune fille ne vivait pas sous son toit : elle venait le rejoindre quand l le lui demandait, mais continuait à vivre dans sa famille.

Les Cinghalaises, pour la plupart, étaient charmantes, gentilles et tendres. Un jeune planteur pouvait réellement trouver le bonheur avec celle qu'il avait choisie, durant son séjour dans l'île. Les natifs considéraient comme un honneur qu'une femme de leur famille devienne la compagne du *durai*, ou maître de la plantation.

Si celui-ci se lassait de la jeune fille, il n'y avait ni drame ni contestation. Elle rentrait définitivement dans sa famille, pourvue d'un joli pécule qui lui servait de dot et lui permettait d'épouser l'un de ses compatriotes, car elle était dès lors considérée par tous comme une femme riche et honorable.

Cette rétribution n'était pas officiellement tarifée : le montant en était fixé par un accord entre les deux parties.

Si des enfants naissaient de cette union, ils restaient avec leur mère. Devenus adultes, beaucoup d'entre eux allaient s'installer dans un village de la montagne où ils formaient une sorte de communauté appelée « la Nouvelle Angleterre ».

Ces métis étaient, en général, d'une beauté remarquable, avec leur teint foncé et leurs yeux bleus. Certains même étaient blonds, comme leurs pères.

Mais tous les ennuis commençaient quand leur ressemblance avec ceux-ci était telle que leur famille maternelle décidait de s'en servir pour extorquer à leurs géniteurs une petite fortune.

Le montant exigé pouvait être fort élevé. On cite le cas d'un paysan astucieux qui s'était fait offrir un bazar par celui qui en était auparavant le propriétaire. Comme ce jeune planteur, contraint de souscrire au versement d'une pension alimentaire, ce qui le condamnait, pratiquement, à rester à Ceylan jusqu'à la fin de ses jours.

Mais c'étaient là des exceptions rarissimes. En général, ces unions ne présentaient que des avantages et restaient agréables aussi longtemps que les engagements pris étaient tenus.

Que Gerald eût été assez stupide pour manquer

aux siens, cela paraissait invraisemblable à lord Hawkston.

De tous les colons britanniques dans le monde, ceux de Ceylan étaient réputés pour leur intelligence et leur loyauté. Ils travaillaient durement, mais savaient s'amuser et, une fois acclimatés, jouissaient prodigieusement de la vie.

Quelques-uns avaient été des pionniers et avaient bâti leur empire de leurs mains, comme James Taylor et Malcolm Hawk.

Cependant, la réussite n'était pas le lot de tous ceux qui tentaient cette aventure. Pour devenir un jour *perya durai* ou grand maître, comme les appelaient les indigènes, le novice devait travailler d'arrache-pied de 6 heures du matin à 7 heures du soir.

Mais un *perya durai* vit dans un grand bungalow, ou une belle maison, avec de grands jardins, tout en haut de la colline... Et c'est à cheval qu'il parcourt son domaine.

Alors, comment Gerald avait-il pu compromettre si sottement un tel avenir ?

C'est ce que James Taylor entreprit d'expliquer à lord Hawkston, en pesant soigneusement ses mots.

D'abord, aussitôt arrivé, le jeune homme s'était mis à boire. Très vite, il en avait eu par-dessus la tête de la plantation et avait laissé le second prendre toutes les initiatives.

Désirant se distraire, il se rendit fréquemment à Kandy, dans des lieux de plaisir mais, bientôt, il préféra se joindre à des planteurs très peu recommandables et qui se retrouvaient à Colombo pour jouer, boire, et s'amuser, en laissant leurs exploitations aux soins de leurs mercenaires.

Ce genre de vie l'occupa un certain temps, mais il se rendit bientôt compte que son argent filait entre ses doigts et qu'il ne pourrait se permettre très longtemps ce genre de fréquentations. Il resta donc chez lui, et dans sa solitude se mit à boire sans retenue. Son seul plaisir avait alors été Sêêtha, la fille qu'il avait choisie pour compagne un mois après son arrivée.

— Et qu'est-il arrivé à Sêêtha ? demanda lord Hawkston.

— Je pense que, Gerald étant ivre, une scène a éclaté entre eux. Cela date de quelques semaines. Le comble, c'est qu'il a accusé la jeune fille de lui avoir volé sa chevalière. Je dois vous dire tout de suite que, d'après ce que j'ai appris, cette bague a été finalement retrouvée sous un meuble.

James Taylor toussota avant de poursuivre :

— Mais, sur le moment, il était convaincu que Sêêtha la lui avait volée. Et la pauvre était navrée et ulcérée par cette accusation, car elle est incapable d'une chose pareille et il aurait dû le savoir.

Lord Hawkston le savait, lui. Les Cinghalais qui travaillent dans les plantations sont d'une honnêteté scrupuleuse et seraient terrorisés à l'idée de ce qui se passerait si leur maître découvrait qu'ils ont commis un larcin.

— Gerald a donc demandé à la fille de déguerpir immédiatement et, persuadé qu'elle l'avait volé, il refusa de lui donner de l'argent en dédommagement de son renvoi.

Lord Hawkston se dressa d'un bond :

— L'idiot ! Le pauvre imbécile !

— Ça, je dois dire que je suis de votre avis ! Quand j'ai su ce qui était arrivé, j'ai sauté sur mon cheval pour venir voir ce garçon, mais il était dans un tel état qu'il ne pouvait même pas comprendre la raison de ma visite. Et puis j'ai aperçu votre câble sur son bureau. Je l'ai lu, j'y ai appris votre arrivée, et je suis venu vous avertir immédiatement.

— C'est très gentil de votre part, James.

— Dans ce câble vous annonciez : *Emily et moi arriverons vendredi.* Cela signifie-t-il que vous lui amenez une femme ? Selon certaines rumeurs, ce serait le cas.

— J'ai, effectivement, amené avec moi une jeune fille à qui Gerald était fiancé avant de venir ici. Malheureusement, je me suis aperçu qu'elle portait un grand intérêt à un autre jeune homme et son mariage avec Gerald est désormais impossible.

— Je vous avoue, Malcolm, que c'est dommage. Si quelque chose pouvait sauver Gerald, c'était bien, auprès de lui, la présence d'une femme sensée, raisonnable, qui l'aurait empêché de boire et lui aurait apporté cette compagnie, cette présence dont il a visiblement grand besoin. Son malheur, c'est qu'il ne supporte pas la solitude.

— J'essaierai de lui trouver une femme... Mais, en aucun cas, ce ne peut être Emily Ludgrove.

James Taylor soupira et regarda sa montre :

— Il faut que je parte. J'avais prévu de prendre le premier train pour Kandy, mais je tenais à vous mettre d'abord au courant de ce qui vous attend. J'espère que vous parviendrez à démêler cet écheveau, Malcolm. Nous avons besoin de vous, et Ceylan aussi. Il faut que vous vous occupiez vous-même de vos affaires. Je suis sûr qu'en Angleterre votre domaine peut être géré par personne interposée. Mais pas votre plantation ici...

— Ne me tentez pas ! Vous savez bien que je préfère être ici que partout ailleurs.

Il y avait dans sa voix un tel accent de sincérité que James Taylor, ému, posa la main sur son épaule et déclara :

— J'aurais voulu pouvoir vous annoncer de meilleures nouvelles.

— Vous vous êtes conduit en véritable ami. Je vous remercie.

— Je vais tout de même vous apprendre quelque chose de réconfortant : l'exportation de thé, cette année, représentera cinq cent mille tonnes.

Lord Hawkston eut un sourire :

— Ah ! oui ? Ça, en revanche, c'est agréable à entendre.

— Ma plantation prospère de façon fantastique. Il en sera de même de la vôtre, sous votre direction. Enfin... A bientôt, Malcolm. Nous en reparlerons à notre prochaine rencontre.

Lord Hawkston l'accompagna jusqu'à la porte, puis revint dans le salon, les sourcils froncés. Il lui fallait maintenant voir Emily Ludgrove. Ensuite, il réfléchirait à ce qu'il dirait à son neveu.

Ces perspectives n'étaient guère réjouissantes. Et cependant, pour quiconque eût bien connu Malcolm Hawk, il eût été facile, à la contraction de son visage, de prévoir qu'il s'apprêtait à livrer bataille et, comme toujours, à gagner.

Vingt minutes plus tard, Emily Ludgrove fit son entrée dans le salon où l'attendait lord Hawkston qui la trouva remarquablement jolie.

La robe, achetée à Londres, était à la toute dernière mode et révélait les formes parfaites de la jeune fille. La couleur en faisait paraître ses yeux plus bleus, ses cheveux plus brillants.

Pour la première fois, lord Hawkston admit qu'elle était adorable et qu'il avait eu une idée absurde en imaginant qu'une pareille beauté puisse consentir à vivre loin des salons dans une plantation de thé.

— Bonjour, milord ! lança-t-elle, avec cette coquetterie dans le ton et le regard qui mettait immédiatement sous le charme son interlocuteur, jeune ou vieux.

— Bonjour, Emily. Asseyez-vous, je vous prie, j'ai à vous parler.

— Quel ton solennel ! Quelque chose ne va pas ?

— Sachez que j'ai retenu votre passage sur le premier bateau en partance pour Londres.

Comme les yeux d'Emily s'arrondissaient de surprise, il ajouta, sans lui laisser le temps de protester :

— J'étais dans le jardin, la nuit dernière, lorsque

le capitaine O'Neill vous a rendu visite... d'une façon un peu « cavalière », au propre comme au figuré.

Elle resta décontenancée un court instant, puis déclara doucement :

— Oui... Le capitaine O'Neill est venu me demander de l'épouser.

— C'est le moins qu'il lui reste à faire, répliqua lord Hawkston d'un ton sec.

— Et je me demandais, justement, si je devais accepter ou si...

— Oh ! le choix est fort simple. Ou vous épousez le capitaine O'Neill, ou je vous réexpédie en Angleterre.

— Dans ce cas, je présume, milord, que vous devinez ma réponse. Je suis sûre que vous saurez m'excuser auprès de Gerald, mais je pense sincèrement que nous n'aurions pu trouver le bonheur ensemble après une aussi longue séparation.

Tout en parlant, elle s'était levée et lord Hawkston ne put s'empêcher de penser qu'elle faisait face à la situation avec un aplomb auquel il était loin de s'attendre.

— Si vous n'avez rien de plus à me dire, milord, je vais me retirer pour écrire au capitaine O'Neill une lettre qui, j'en suis sûre, le transportera de joie.

— Je n'ai rien de plus à ajouter... car je suppose que cela ne vous intéresse pas de savoir ce que je pense de votre conduite ?

— Comment cela m'intéresserait-il ? Vous ne savez pas, du moins vous l'avez oublié, ce que c'est que d'être jeune ! On est vieux très longtemps, mais la jeunesse est brève. J'entends profiter des joies qui me sont offertes pendant que c'est possible et je sais qu'il ne manque pas d'hommes qui ne demandent qu'à m'y aider.

Lord Hawkston ne trouva rien à répondre. Il s'inclina néanmoins, en un petit salut ironique, alors qu'Emily passait le seuil.

Au moment de quitter la pièce, elle se retourna et lança d'une voix douce, gentille :

— Dites à Gerald, je vous prie, combien je regrette de lui faire de la peine. Je veux espérer que nous n'en resterons pas moins bons amis, lui et moi.

Il allait répondre, mais déjà elle avait disparu. Alors, malgré son dépit, il ne put s'empêcher de rire.

Elle ne manquait pas de caractère ! Il ne s'était pas attendu à ces répliques de sa part et n'en regrettait que davantage cette rupture. Si une femme était capable de tenir tête à Gerald, c'était bien elle !

Et, pourtant, il était certain d'avoir raison. Emily n'aurait jamais supporté la vie austère d'une femme de planteur, isolée dans la montagne. Et même si le ménage avait vécu à Colombo, ou était retourné en Angleterre, une fille comme elle ne se serait pas satisfaite d'un mari comme Gerald.

Lord Hawkston soupira : ce chapitre était définitivement clos. Il devait maintenant s'occuper de Gerald. James Taylor était certainement dans le vrai en affirmant qu'il fallait à ce garçon une femme énergique et sensée. Mais où la trouver ?

Lord Hawkston avait été incapable d'en trouver une pour lui-même et, à trente-sept ans, il était toujours célibataire, et le resterait sans doute.

A son retour en Angleterre, il avait parfaitement compris que sa famille était surprise de le voir toujours célibataire. On lui avait fait rencontrer un nombre incroyable de veuves et de demoiselles qui, pour une raison ou une autre, n'avaient pas trouvé d'époux lorsqu'elles étaient dans la fleur de l'âge.

On espérait qu'il tomberait amoureux de l'une d'elles, mais il n'en fut rien.

Sa tante avait, en désespoir de cause, abordé franchement la question :

— Enfin, Malcolm, vous savez aussi bien que moi qu'il faudra vous décider un jour, afin de donner un héritier à notre branche. J'ai toujours considéré qu'un héritage en ligne directe était le seul souhaitable pour la grandeur d'une maison noble.

Lord Hawkston avait répliqué, en souriant :

— En ce qui me concerne, chère tante, on ne peut prétendre que je sois moi-même issu d'une « ligne directe » !

— Je le sais. Et c'est la raison pour laquelle il est grand temps que vous ayez un fils. Vous êtes le seul à pouvoir empêcher que le titre et le domaine n'échoient à des collatéraux.

— Pour cela, il me faut une femme. Où la trouver ?

— Nous vous la trouverons, si vous y mettez un peu de bonne volonté. Il y a, parmi les dames que nous vous avons fait rencontrer, plusieurs personnes charmantes et bien nées qui devraient vous convenir.

— J'ai bien peur que non. Permettez-moi d'être clair : si un jour je me marie, ce ne sera pas uniquement pour sauver le titre, le domaine, ou le prestige de notre arbre généalogique.

Lady Hawkston s'était quelque peu énervée :

— Vous me paraissez bien exigeant, mon neveu ! Je ne vous suggère pas d'épouser une femme sans éprouver pour elle de l'affection ou du désir. Veuillez considérer simplement que vous n'êtes plus vous-même de la première jeunesse et qu'à votre âge il est risqué d'attendre, pour se marier, de tomber amoureux d'une gamine aux jolis yeux.

— En cela, je vous accorde que vous avez raison.

— Si donc je vous trouve une femme charmante, entre vingt-cinq et trente ans, peut-être un peu plus, élégante, appréciée dans le monde, et spirituelle, je suis persuadée qu'en peu de temps votre cœur répondra à ses propres désirs.

Il n'avait pas dit non, mais, hélas ! les « prétendantes » qu'il avait rencontrées par la suite n'avaient charmé ni son cœur ni son esprit.

Lord Hawkston admettait qu'il était sans doute

trop exigeant, mais sous sa réserve glaciale et son abord un peu fermé, se cachait un cœur qui avait soif d'affection et de chaleur humaine.

Ce qu'il attendait, ce qu'il espérait, c'était un amour qui fît jaillir en lui l'exaltation passionnée qu'il éprouvait pour Ceylan, cette terre enchantée.

Souvent, en regardant de sa véranda les sommets des vertes montagnes dressées sur le ciel de cobalt, l'eau cristalline du torrent bondissant vers la vallée, il avait ressenti une émotion vibrante qu'il comparait au sentiment qu'on doit éprouver envers une femme dont la vue vous bouleverse et dont on sait que c'est d'elle, et de nulle autre, que vous viendra le bonheur.

Se moquant de lui-même, il murmura :

— C'est vraiment stupide d'être amoureux d'un pays !

Et pourtant, il savait que la passion de Ceylan avait grandi en lui comme aussi la passion d'une femme, lorsqu'un couple est vraiment éternel.

La beauté, la douceur, le charme infini de ce paysage aux parfums délicieux, tout cela lui paraissait d'essence féminine. Ces impressions n'atteignaient pas seulement ses sens, mais tout son être, et la ferveur qu'il en ressentait avait presque un caractère religieux.

« C'est ainsi que doit être l'amour ! » pensa-t-il.

Mais, aussitôt, il se mit à rire doucement, se moquant lui-même de cette vision romantique des choses.

2

Lord Hawkston décida de parler au gouverneur de la nécessité où il se trouvait de découvrir une autre épouse à son neveu.

Il se demandait comment présenter les faits en ce qui concernait Emily Ludgrove mais, dès le début de leur entretien, il se rendit compte que la jeune fille l'avait devancé.

Sir Arthur Gordon, l'un des petits-fils du comte d'Aberdeen, que lord Hawkston avait rencontré une ou deux fois avant de quitter l'Angleterre, était un homme austère et digne qui inspirait à ses subordonnés autant de crainte que de respect.

Lorsqu'il avait pris son poste en 1883, l'île était encore sous le coup de la crise du café qui avait failli ruiner son économie. Mais, lentement, la situation s'était améliorée grâce aux plantations de thé et, aussi, de quinquina.

James Taylor aimait beaucoup sir Arthur Gordon, car il n'avait pas eu de peine, dès le début, à le convaincre que, grâce au thé, Ceylan retrouverait sa prospérité passée.

Ce que James Taylor appréciait surtout en sir Arthur, c'était l'impartialité dont il faisait preuve entre colons et indigènes. Juste avant que lord Hawkston ne quitte l'Angleterre, sir Arthur avait démissionné du Club européen de Colombo, dont il était président, parce que certains membres voulaient en interdire l'entrée aux Cinghalais.

Lord Hawkston ne pouvait oublier que sir Arthur était le modèle même de l'aristocrate, conscient de ses devoirs et de son autorité. Il se demandait comment il parviendrait à lui parler de ce problème mineur que représentait à ses yeux le mariage de Mlle Emily Ludgrove.

Quoi qu'il en soit, il décida de ne faire aucune allusion à la façon dont elle s'était conduite avec Patrick O'Neill. Non seulement pour préserver la réputation de la jeune fille, mais aussi par amitié pour le capitaine. D'autre part il estimait que le malheureux, en choisissant une telle femme, se préparait suffisamment de désagréments sans qu'il soit besoin d'en rajouter.

Sir Arthur l'accueillit d'un sourire.

— Je connais déjà la raison de votre visite, Hawkston. Mlle Ludgrove m'a fait part de son désir d'épouser le capitaine O'Neill. (Comme Malcolm restait bouche bée, il poursuivit :) Je comprends que cela vous ennuie. Vous ne l'avez amenée jusqu'ici que dans l'intention de lui faire épouser votre neveu. D'après ce que j'ai entendu dire de ce garçon, il aurait besoin d'une épouse à la fois douce et ferme pour diriger sa vie.

Lord Hawkston ne fut pas tellement surpris d'apprendre que le gouverneur était au courant du comportement de son neveu. Sir Arthur était plus malin qu'on ne le pensait et, quoique isolé dans la Maison de la Reine, il ne se passait guère de faits à Colombo, et même ailleurs, dont il n'eût aussitôt connaissance.

— J'ai bien peur que mon neveu n'ait commis une énorme sottise, en effet, Excellence.

— Cela arrive à un grand nombre de jeunes gens quand ils viennent ici pour la première fois. Et nous savons tous les deux qu'il ne manque pas d'individus louches tout prêts à les aider à s'encanailler, surtout s'ils ont de l'argent à perdre.

— C'est un fait, reconnut lord Hawkston, l'air sombre.

Il se rappelait certaines nuits, dix-huit ans plus tôt, lors de son arrivée à Colombo. Mais il était alors trop soucieux de son argent pour le gaspiller avec des femmes, ou se laisser entraîner dans les boîtes et les tripots où l'on était à l'affût des « blancs-becs » nouvellement débarqués afin de les dépouiller.

Un peu plus tard, il est vrai, il avait eu une liaison agréable avec une jolie Portugaise, à Kandy. Il lui rendait visite quand il pouvait s'arracher un jour ou deux à sa plantation. Mais il avait toujours été très discret sur cette aventure déjà ancienne.

Que le gouverneur fût au courant des incartades de son neveu, cela le blessait dans sa fierté.

— Je regrette que nous n'ayons pu veiller sur votre neveu dès son arrivée, ajouta le gouverneur pensivement. Il est venu plusieurs fois déjeuner ici mais, comme vous le savez, à la Maison de la Reine un certain protocole est de rigueur et les jeunes gens le supportent mal. J'ai su par mon secrétariat que nous l'avions invité à un bal que j'avais donné pour Noël, mais il n'a pas répondu à l'invitation.

La bouche de lord Hawkston eut une crispation de colère.

S'il détestait quelque chose, c'était bien les mauvaises manières. Durant le peu de temps qu'il avait connu Gerald en Angleterre, il avait imaginé que le jeune homme avait reçu une éducation de gentilhomme.

— Quoi qu'il en soit, reprit sir Arthur, la question qui se pose maintenant est celle-ci : qu'allez-vous faire à son sujet ?

— Le marier, Excellence ! répondit lord Hawkston d'un ton âpre. Je suis venu d'Angleterre avec la jeune fille qu'il avait lui-même choisie, mais puisque ce projet a vécu, il ne me reste plus qu'à trouver quelqu'un pour la remplacer.

Sir Arthur se mit à rire :

— Je vous reconnais bien là, Hawkston. Vous avez la réputation d'un homme qui n'accepte jamais la défaite, et tout ce que je peux dire, c'est que Gerald Warren a bien de la chance de vous avoir comme oncle.

— Naturellement, j'aurai besoin de votre aide.

Cette remarque sembla amuser beaucoup le gouverneur :

— Je ne crois pas que je puisse vous être d'un grand secours. Dans cette maison, il n'y a guère de jeunes femmes aimables et qui soient libres de toute attache sentimentale. Mais parmi les familles anglaises résidant à Colombo, il ne devrait pas être difficile de trouver quelqu'un qui convienne à votre neveu.

Il s'accouda à son bureau, posa son front sur sa main.

— Laissez-moi réfléchir un peu. Je n'ai pas prêté grande attention aux femmes dont les époux sont en garnison ici, mais il me semble que parmi les filles d'officiers il y en a deux ou trois qui sont encore libres. Cependant je préférerais quelqu'un qui ne vient pas de débarquer à Ceylan, mais qui vit à Colombo depuis un certain temps. Pour supporter la vie qui l'attend, il nous faut trouver une jeune fille assez exceptionnelle, Hawkston. Si vous me permettez une remarque, sachez que dès le moment où j'ai rencontré le regard de Mlle Ludgrove, j'ai tout de suite pensé qu'elle n'était pas la femme qu'il fallait à Gerald Warren.

— Je m'en rends compte maintenant... mais c'était le choix de mon neveu, pas le mien.

— Et vous croyez qu'il est prêt à s'incliner devant votre décision, comme s'il n'avait pas son mot à dire dans cette affaire ?

— Il fera ce que je lui dirai ou je le réexpédie immédiatement en Angleterre ! Et, dans ce cas, il devra travailler pour payer son voyage, car je n'ai pas l'intention de le faire à sa place.

Sir Arthur le regarda gravement avant de le mettre en garde :

— Prétendre jouer au dieu tout-puissant lorsqu'il s'agit d'amour et de mariage est une initiative dangereuse, Hawkston. Prenez garde de ne pas vous y brûler les doigts.

— Je tiendrai compte de votre avertissement, Excellence. Mais il faut que vous m'aidiez.

— Je viens justement d'avoir sous les yeux la liste des gens qui dîneront ici ce soir : il n'y a personne qui peut nous être utile, en l'occurrence. A mon avis, le mieux serait que, demain matin, vous alliez jeter un coup d'œil à l'église. Vous y verrez tous les notables et leurs familles.

L'expression de lord Hawkston, quand il entendit ces paroles, fit sourire sir Arthur.

— Allons, mon cher ami. Vous savez fort bien que le seul fait d'être l'hôte du gouverneur vous oblige, d'après les convenances, à l'accompagner au culte du dimanche ?

— C'est, en effet, mon devoir et j'y suis prêt.

— Ce ne sera pas aussi fastidieux que vous le pensez. J'ai imposé au vicaire un sermon qui n'excède pas quinze minutes, montre en main.

Le lendemain matin, à l'église Saint-Pierre — un bâtiment de pierre grise proche de la résidence du gouverneur —, lord Hawkston observait, autour de lui, l'ensemble de l'assistance. Les bancs étaient occupés par une assemblée très élégante et qui eût bien surpris ceux qui s'imaginent que Ceylan est un dépotoir, sans aucun contact avec la civilisation européenne.

Les robes étaient de taffetas, de crêpe de soie, de satin, de bombasin, ornées de dentelles, de broderies, de faveurs ou de boutons précieux, non seulement à la mode, mais aussi luxueuses.

Lord Hawkston avait toujours entendu dire que le culte du dimanche à Colombo était une parade de l'élégance, mais n'ayant jusqu'alors jamais assisté à un service religieux dans la capitale de Ceylan, il fut surpris d'y voir tant d'Européens.

La plupart des femmes étaient tout à fait charmantes. Sans doute les plus parées étaient-elles les épouses des officiers de Sa Majesté britannique attachés à la maison du gouverneur.

Derrière les Européens, séparés d'eux par une travée, étaient assis les autochtones. Leurs femmes étaient encore plus resplendissantes dans leurs saris multicolores, de soie ou de coton, tissés à la main selon un procédé local et qui faisait de ces tissus, lord Hawkston le savait, une richesse sur le plan commercial.

La rutilance des couleurs, la qualité des tissus, qui se retrouvaient aussi bien sur le sari le plus simple que sur les plus richement brodés, tout cela transformait cette assemblée de femmes d'affréteurs en un parterre de fleurs exotiques dont on restait ébloui, fasciné, dans ce cadre de pierre grise qui, sans elles, eût été plutôt sinistre.

Le gouverneur avait été accueilli sur le seuil de l'église par le vicaire en surplis, et traditionnellement escorté jusqu'à sa stalle, dans le chœur, une stalle ornée de confortables coussins de velours et pourvue d'un livre de prières aux armes de l'empire britannique.

Face à la stalle du gouverneur se trouvaient les bancs des choristes et, derrière ces bancs, un orgue tenu par une femme. Celle-ci était jeune, vêtue d'une robe de coton blanc, et coiffée d'un bonnet noir noué sous le menton par un ruban noir également.

Il la trouva d'une austérité excessive, surtout comparée aux autres femmes présentes. Puis il nota, avec surprise, qu'elle était comme multipliée par six. En effet, au dernier rang des choristes, cinq autres silhouettes en coton blanc et portant le même bonnet que l'organiste étaient assises, bien droites, sur un même banc.

Il crut tout d'abord que c'était là une sorte d'uniforme imposé aux choristes, mais le gouverneur lui murmura à l'oreille :

— Notre vicaire a six filles.

Stupéfait, lord Hawkston eut une sorte de hoquet :

— Six ?

Dissimulé derrière son livre de prières, le gouverneur chuchota :

— Oui et sa femme est morte il y a deux ans. C'est un vicaire aux principes intransigeants, sévère pour les pauvres pécheurs que nous sommes tous et, par-dessus tout, intolérant.

Lord Hawkston observa le vicaire. C'était un homme long et maigre qui n'avait pas dû manquer de séduction dans sa jeunesse, mais qui, aujourd'hui, faisait pitié : diaphane, le teint cadavérique, il lui fit l'impression d'un malheureux pour qui la vie est un calvaire et qui repousse délibérément tout plaisir terrestre, même le plus innocent.

Hawkston se demanda si ses filles étaient elles aussi victimes de son intolérance et de sa soif de sacrifices. Et c'est avec un intérêt nouveau qu'il se tourna vers elles.

La plus âgée des cinq qui lui faisaient face était presque jolie, autant qu'il en pouvait juger sous la visière du bonnet.

Les autres, encore très jeunes, avaient un teint clair et rose, des petits nez retroussés, et de grands yeux curieux qui observaient l'assistance.

Il voyait seulement de dos celle qui était à l'orgue.

Quand elle ne jouait pas, elle se tournait de biais sur son banc pour surveiller le comportement de ses sœurs.

« C'est sans doute la plus âgée des six, conclut lord Hawkston, et, apparemment, c'est quelqu'un de très bien. »

Lorsqu'elle quitta sa place un court instant, il constata qu'elle avait une fort agréable silhouette que sa robe de coton ne parvenait pas à dissimuler complètement.

L'assistance se levait pour chanter les psaumes. La musique de l'orgue s'enfla, devint solennelle, et lord Hawkston constata qu'en dépit de quelques couacs dus à la vétusté de l'instrument, la jeune organiste jouait remarquablement. La fille aînée du vicaire était incontestablement une musicienne.

Tandis que le service se poursuivait, il se surprit à imaginer ce que pouvait être la vie de cette famille, sans la mère.

Il s'en fit une idée plus précise après avoir entendu le sermon du vicaire. Un sermon qui stigmatisait le pécheur et s'étendait à plaisir sur le châtiment inéluctable qui l'attendait au Jugement dernier.

En tant que prêtre et prédicateur, sa vocation ne faisait pas de doute, mais comme père il devait être assez difficile à supporter.

A un moment, il s'interrompit, ayant par inadvertance pris deux feuillets de son sermon. Sa fille tourna alors vivement la tête vers lui, pleine d'inquiétude, et lord Hawkston vit son visage de face pour la première fois.

Il était en forme de cœur, avec un petit nez étroit, et deux larges prunelles vertes. Ses sourcils se dessinaient sous son front ovale, comme deux ailes d'oiseau, et ses cheveux, d'un blond cendré, étaient soigneusement tirés en arrière et dissimulés sous le bonnet.

Comme le vicaire avait retrouvé le fil de son sermon, la jeune fille parut se détendre un peu et lord Hawkston la vit échanger avec sa sœur cadette un sourire amusé. Ce sourire, en éclairant son visage, le changeait complètement. C'est à cet instant même qu'une « idée » germa dans l'esprit de lord Hawkston.

C'était exactement la femme qu'il fallait à Gerald ! Une fille capable de supporter un père sévère et strict dans ses principes, des enfants de chœur plus ou moins dissipés qu'elle devait tenir en main, ainsi qu'une nichée de sœurs plus jeunes qu'elle — une fille comme celle-ci serait certainement capable de mettre un mari au pas !

Il fallait évidemment examiner ce projet de plus près, mais lord Hawkston ne pouvait s'empêcher de penser qu'il tenait peut-être là une perle rare, et qu'il ne la découvrirait certainement pas parmi les autres femmes présentes à cette assemblée, uniquement occupées de paraître, de parader, et n'accordant aucune attention aux paroles de leur vicaire.

Sur le chemin du retour vers la Maison de la Reine, lord Hawkston, assis à côté du gouverneur dans une calèche tirée par deux chevaux magnifiques, pria celui-ci de lui parler un peu du pasteur de la paroisse.

— C'est un homme difficile, répondit sir Arthur. Il est constamment en train de se plaindre à moi des iniquités qui se commettent dans le quartier du port et dans d'autres lieux peu fréquentables de la ville. Je dois, chaque fois, lui expliquer que la tâche d'un gouverneur n'est pas d'empêcher les hommes de dilapider leur argent si cela les amuse, et que si la loi n'est pas enfreinte, je n'ai pas à intervenir.

— Et sa famille ?

— Je connais peu ses filles. Elles sont parfois invitées à des goûters, à des réunions, mais leur père leur interdit de s'y rendre en raison de leur deuil. Je suppose qu'elles n'ont droit qu'à une distraction : la prière. Nous ne voyons guère que l'aînée, quand se tient une séance du conseil de l'église au sujet de l'école, ou quand elle vient quêter des fonds pour les œuvres de son père qui essaie de soulager les pauvres.

— Elles n'ont pas une existence bien gaie, les malheureuses !

— Je pense même que la plupart des jeunes filles d'aujourd'hui la jugeraient intolérable.

Leur conversation s'arrêta là, car la calèche atteignait le perron de la Maison de la Reine.

Après le repas de midi, lord Hawkston prit à part le secrétaire du gouverneur, un vieil homme qui avait passé toute sa vie à Colombo. Il avait servi successivement plusieurs gouvernements, et n'ignorait rien des affaires locales.

— J'aimerais que vous me disiez tout ce que vous savez de l'actuel vicaire de Saint-Pierre.

— Son nom est Radford. Il y a vingt-deux ans qu'il est à Colombo.

— Et Mme Radford ? Comment était-elle ?

— Oh ! une femme charmante. Si quelqu'un était capable d'humaniser un peu le vicaire, c'était bien elle. Elle appartenait à une vieille famille comtale d'Angleterre. Son père était une personnalité, au jardin botanique de Kew. C'est avec lui qu'elle débarqua à Ceylan, quand celui-ci vint informer le gouverneur de l'époque que l'on avait sélectionné les plantes et les essences d'arbres qui trouveraient un terrain favorable dans l'île. Elle fit la connaissance du vicaire — qui n'était encore que diacre — et tomba amoureuse de lui.

Pensif, le secrétaire fit une pause avant de poursuivre :

— Il y a une vingtaine d'années, c'était un jeune homme très séduisant, mais il avait déjà ce zèle de prophète-accusateur qui devait rendre la vie assez pénible à ses proches.

— Et ils ont eu six filles !

— Il a toujours éprouvé une profonde déception de n'avoir pas de fils. Après la naissance de Mlle Dominique, puis de Mlle Foy, il baptisa sa troisième fille Espérance. Mais cela ne lui servit à rien, cette espérance fut déçue : il eut encore trois filles, Mlle Charité, Mlle Grâce et Mlle Prudence.

— Doux Jésus ! s'écria lord Hawkston, effaré. Et ces pauvres filles devront porter ces prénoms le restant de leurs jours !

— Dominique a eu de la chance : elle est née un dimanche ! Son prénom était tout trouvé. Grâce, c'est assez joli. Mais les quatre autres, les malheureuses, elles ont, en plus du reste, cette croix à porter.

— Je les plains de tout mon cœur.

— Elles sont toutes très gentilles. Ma femme les tient en grande estime et il leur est permis, parfois, de venir chez nous prendre le thé avec ma fille, qui est infirme. En dehors de cela, elles ont bien peu de distractions. Leur père désapprouve les plaisirs du siècle.

— J'ai l'intention de rendre visite au vicaire. Puis-je me permettre de me recommander de vous ?

Le secrétaire sourit :

— Recommandez-vous plutôt du gouverneur, milord. Malgré lui, le vicaire est impressionné par Son Excellence.

— Merci. Je suivrai votre conseil.

Il était environ 4 heures quand lord Hawkston se présenta au presbytère.

Celle qui lui ouvrit la porte avait à peu près quatorze ans ; sans doute était-ce Charité. Il lui déclara qu'il désirait voir le vicaire. La jeune fille parut un peu embarrassée, mais elle l'invita, assez gauchement, à pénétrer dans la pièce située sur la façade de la maison. Le décor en était pauvre, quoique de bon goût.

Sur le siège du canapé il n'y avait pas de coussins ; le sol dallé, scrupuleusement brossé, luisait de propreté et une natte, tissée par un artisan local, le couvrait en partie ; les murs blanchis à la chaux étaient nus, à l'exception d'une aquarelle.

Une lourde table, devant la cheminée, supportait

un vase garni de fleurs et un parfum indéfinissable, composé de plusieurs senteurs mêlées, emplissait la pièce. Lord Hawkston crut d'abord que cela venait du bouquet de fleurs, mais il vit, sur l'entablement de la fenêtre, la coupe au couvercle percé de trous d'où émanait cet arôme agréable et léger, et qui d'ordinaire devait capter les rayons du soleil.

On était dimanche, et les stores étaient baissés jusqu'à trente centimètres environ du bas des croisées, ne laissant passer qu'un rai de lumière. C'était une coutume en Ecosse, et dans quelques provinces d'Angleterre, de laisser les stores baissés le jour du Seigneur, mais il ignorait que c'était aussi l'usage à Ceylan.

Quand le vicaire parut, lord Hawkston comprit immédiatement qu'il avait commis une incorrection en se présentant à lui un dimanche.

Encore plus raide et plus austère qu'à l'église, le prêtre demanda :

— Vous désiriez me voir, monsieur ?

Son costume noir, ses pommettes osseuses, la longueur de son visage et le gris de sa chevelure presque complètement blanche aux tempes le faisaient ressembler à ces prophètes bibliques toujours prêts à annoncer d'une voix tonnante la malédiction de Dieu aux habitants de Sodome et de Gomorrhe.

— Je suis lord Hawkston.

Le vicaire eut une brève inclination de tête, mais n'ouvrit pas la bouche.

— Je réside momentanément à la Maison de la Reine, chez le gouverneur. Je suis venu vous trouver, vicaire, parce que j'ai besoin de votre aide et que j'ai à m'entretenir avec vous d'un sujet important.

Pendant ce temps, Charité avait fermé doucement la porte dans le dos de son père et montait à l'étage.

Dominique était dans la chambre qu'elle partageait avec Foy et était en train d'ôter son bonnet. La jeune fille rentrait à l'instant même de l'école du dimanche où elle catéchisait les enfants après le déjeuner.

Comme Charité entrait en trombe, elle la regarda avec surprise.

— Dominique ! Qu'est-ce que tu crois ? Qu'est-ce que tu en penses ?

— Mais de quoi ? Qu'est-ce qui t'arrive ? Tu m'as l'air bien excitée.

— Un monsieur est arrivé dans l'attelage du gouverneur et a demandé à voir papa. C'est celui qui était dans la stalle de sir Arthur, ce matin. Tu l'as sûrement remarqué... Il était assis à côté du gouverneur...

— Qu'est-ce qu'il peut bien vouloir à papa, ce monsieur ?

— Il est très distingué, tu sais. Mais je ne pense pas qu'il se soit dérangé pour nous inviter au bal.

— Charité ! gronda Dominique qui ne put se retenir de rire, tu sais bien que c'est aussi improbable que s'il venait nous inviter à faire un voyage vers la Lune. De toute manière, papa ne nous permettrait pas d'y aller.

— Quand je serai aussi grande que toi et Foy, je te promets que j'irai au bal, quoi que puisse dire papa.

Du seuil, une voix répliqua :

— Il vaut mieux pour toi qu'il ne t'entende pas le dire pour le moment, car tu recevrais une sérieuse correction.

Tout en parlant, Foy était entrée dans la chambre. Lord Hawkston avait eu raison de la trouver jolie.

Débarrassée de l'affreux bonnet noir qui dissimulait en partie son visage, elle était ravissante avec ses cheveux blonds, ses yeux bleus, et sa figure d'ange. Elle avait, de plus, ce que ses traits ne trahissaient pas : un esprit vif et malicieux. Comme Charité, elle se rebellait sans cesse contre les privations que leur imposait leur père.

— Que se passe-t-il ? C'est vrai qu'il y a un jeune homme dans la maison ?

— Il n'est pas particulièrement jeune, mais il est chic et très impressionnant.

— C'est celui qui était à l'église ce matin ?

Charité hocha la tête.

— Je l'ai bien regardé, je le trouve très attirant.

Dominique se mit à rire :

— Tu trouverais n'importe quel homme attirant, Foy, tu le sais bien.

— Je n'ai pas l'occasion d'en voir beaucoup, sauf à l'église. J'avais espéré que le lieutenant qui m'avait beaucoup regardée dimanche dernier serait de nouveau là, mais il devait être de garde. Je ne l'ai pas aperçu.

Dominique lança un regard craintif vers la porte.

— Fais attention, Foy. J'ai toujours peur que papa t'entende quand tu dis des choses de ce genre.

— Papa est bien trop occupé à traquer le péché en ville pour flairer celui qui couve dans sa propre maison.

— Ne t'y fie pas trop, conseilla Dominique.

Charité suivait son idée :

— De quoi est-il venu parler à papa, selon toi ? Est-ce que je peux aller coller l'oreille à la serrure ? Si papa me surprend, je dirai que j'étais descendue pour raccompagner le monsieur, et que j'attendais.

— Oh ! oui, fais-le ! l'encouragea Foy.

Mais Dominique s'interposa :

— Tu ne feras rien de semblable, Charité ! C'est vulgaire et mal élevé d'écouter aux portes. Tu le sais très bien !

— Bon... Mais dis-moi ce que tu crois : il est venu pour quoi ?

— Nous le saurons en temps voulu.

Soudain, elle poussa un petit cri :

— Oh ! mon Dieu, et s'il restait pour le thé ?... Je voulais faire un cake, hier, mais je n'en ai pas trouvé le temps. Et puis, pour être franche, j'ai dépensé tout l'argent du ménage et je n'ai pas osé en demander à papa.

— Ça ne fait rien, conclut Foy, on a de quoi faire quelques petits sandwiches, et Charité va aller voir s'il y a des fruits mûrs au jardin. J'espère qu'il se bourre de plats fins et exotiques à la Maison de la Reine et qu'il se soucie peu de ce que peuvent lui offrir des gens comme nous.

Dominique allait répliquer, lorsqu'elle entendit la voix de son père :

— Dominique ! Descends... j'ai besoin de toi.

Consternée, la jeune fille se tourna vers ses sœurs :

— Je vous en supplie, occupez-vous des sandwiches. Toi, du moins, Foy... Charité, tu seras plus utile en allant cueillir les fruits. Remplis-en la petite corbeille d'osier.

Tout en donnant ses instructions, elle avait ouvert la porte de la chambre et se précipitait maintenant dans l'escalier.

— Tu m'as fait attendre, Dominique !

— Excuse-moi, papa. Je demandais à Foy et à Charité de préparer ce qu'il faut, au cas où notre visiteur resterait pour le thé.

— Le thé ! répéta le vicaire comme s'il n'avait de sa vie entendu parler de ce breuvage. Ah ! oui, oui, bien sûr... Il serait peut-être courtois de lui en offrir une tasse.

— Alors, je vais le préparer, papa ?

— Non, les autres peuvent le faire. Lord Hawkston désire te parler.

Dominique n'eut pas le temps de manifester sa surprise : ouvrant la porte du salon, le vicaire poussa doucement la jeune fille devant lui.

Elle avait naturellement remarqué cet étranger dans la stalle du gouverneur, mais elle reprochait si souvent à ses sœurs leur curiosité qu'elle s'était entraînée elle-même à ne pas regarder l'assistance, et surtout à ne jamais dévisager les hôtes de la Maison de la Reine.

Elle reconnut pourtant l'homme qu'elle avait vu de l'autre côté du chœur, et trouva qu'il était encore mieux qu'elle ne l'avait jugé à l'office.

Et puis, il lui semblait aussi suprêmement élégant.

Il se tenait debout à l'autre extrémité de la pièce et, tandis qu'elle avançait, elle eut conscience que, sous ses sourcils froncés, il la regardait venir à lui, observant sa silhouette, sa démarche.

— Voici, milord, ma fille Dominique, annonça le vicaire.

Lord Hawkston s'inclina devant elle, et Dominique lui fit une petite révérence.

Un silence suivit. Elle se demandait pourquoi aucun des deux hommes ne parlait. Peut-être se trompait-elle, mais il lui sembla qu'ils cherchaient ce qu'il convenait de dire.

Ce fut son père qui, après s'être éclairci la gorge, parla le premier :

— Dominique, lord Hawkston vient de me faire une proposition aussi étrange qu'inattendue. Et il m'a demandé de te faire venir afin que tu entendes ce qu'il a à dire.

— Oui, papa ?

Un nouveau silence s'installa durant lequel Dominique, ses beaux yeux verts fixés sur son père, l'interrogeait muettement. Trouvant sans doute que cette situation devenait inconfortable, lord Hawkston se décida :

— Si vous me le permettez, vicaire... Trouveriez-vous inconvenant que je m'entretienne seul à seule avec votre fille ? J'aimerais lui faire part moi-même de ma proposition.

Le vicaire parut soudain soulagé :

— Naturellement, milord. C'est sans doute préférable, en effet. Je vais aller dire à mes autres filles de s'occuper du thé.

— Merci beaucoup.

En sortant, le vicaire referma soigneusement la porte derrière lui et Dominique se tourna avec appréhension vers lord Hawkston. Elle ne pouvait imaginer qu'il pût avoir quelque chose à lui dire, et encore moins à lui proposer.

— Si nous nous asseyions ? suggéra-t-il tandis que la confusion rosissait jusqu'au front le visage de Dominique.

— Oui, oh !... excusez-moi, milord. J'aurais déjà dû vous en prier, mais je suis tellement surprise par votre visite que j'en oublie les convenances, je crois.

— Je pense que ce que j'ai à vous dire va vous surprendre encore bien davantage. Mais je vous prie de bien vouloir m'écouter en évitant de réagir trop promptement.

Tout en parlant, il avait pris place sur l'inconfortable canapé en invitant, d'un signe, Dominique à l'imiter. Après une seconde d'hésitation, la jeune fille s'assit à ses côtés.

Il s'écarta légèrement pour pouvoir la regarder bien en face, ce qu'il fit avec une insistance et une attention qu'elle jugea très gênantes et dont elle cherchait en vain la signification.

Comme l'avait soupçonné lord Hawkston, elle avait les cheveux d'un blond cendré et ramenés derrière la tête en un large chignon maintenu par des épingles. Et à en juger d'après l'importance et l'épaisseur de ce chignon, sa chevelure devait être longue et abondante.

Ses yeux verts étaient frangés de longs cils noirs et ses sourcils — avec leur dessin si particulier qui les relevait vers les tempes — étaient noirs également.

Mais son teint était clair et translucide comme de la porcelaine. Ainsi, lorsqu'elle rougissait, ce teint lui donnait une beauté qui évoquait les lueurs de l'aurore dans un ciel pur.

Son corps était très mince, et sa robe, en dépit du coton grossier dont elle était faite, la moulait si étroitement que la maturité de sa poitrine se devinait sans peine. Et sa taille était si fine qu'il eût pu, pensa lord Hawkston, l'encercler avec ses deux mains.

Ses doigts, si habiles à jouer de l'orgue, étaient longs, et la forme de ses mains, élégante. Pour l'instant, elle les tenait à plat sur ses genoux, comme une enfant sage qui attend, sur un banc d'école, son tour de réciter un poème.

— Je suppose, commença lord Hawkston d'une voix lente et grave, que vous vous doutez de la raison qui m'amène ?

— Nous n'avons que très rarement des visites le dimanche.

Le ton de lord Hawkston trahit un léger amusement :

— Oh ! Excusez-moi d'avoir enfreint le respect dû au jour du Seigneur. Mais j'ai une excuse : il était urgent que je vous rencontre et que j'expose à votre père ce que j'espère de vous.

— De moi ?

— Cela va vous paraître bizarre, poursuivit lord Hawkston sans quitter son regard, mais je suis venu demander à votre père si vous consentiriez à épouser mon neveu, Gerald Warren.

Dominique resta pétrifiée. Ses yeux, fixés avec incrédulité sur lord Hawkston, se dilatèrent.

Après un moment, elle répondit, d'une voix qui parut calme et neutre :

— Parlez-vous sérieusement ?

— N'en doutez pas. Mais permettez-moi de vous donner quelques explications. Mon neveu, qui dirige actuellement ma plantation près de Kandy, est ici depuis deux ans. Je suis arrivé d'Angleterre avant-hier, en compagnie d'une jeune fille à laquelle il était fiancé, bien que tous les deux ne le soient pas encore officiellement. Ils devaient se marier dès notre arrivée, mais, malheureusement, une fois à Colombo, j'ai appris que la fiancée avait changé d'avis.

— Pourquoi ne veut-elle plus l'épouser ?

— Sur le bateau, elle a rencontré quelqu'un qui paraît lui convenir davantage. Mais je ne le regrette pas. A mon avis, ce n'était pas du tout la femme qu'il lui fallait.

Comme Dominique se taisait, il poursuivit :

— Mon neveu a besoin d'une personne qui veille sur lui, qui soit vraiment une compagne, et le délivre de ce sentiment de solitude et d'ennui dont — je suis certain que vous le comprenez — tous les planteurs font l'expérience lorsqu'ils sont là-haut pendant des mois et des mois.

Dominique ne souffla mot et le laissa continuer :

— Quand je vous ai vue à l'église, jouant si bien de l'orgue, réprimant si gentiment les étourderies des enfants de chœur, j'ai acquis la certitude que vous étiez celle que je cherchais.

Dominique eut une profonde aspiration :

— Comment pouvez-vous en être sûr, milord ?

— Oserai-je affirmer que j'ai un instinct très sûr de ce qu'il convient de faire dans les moments difficiles ? J'ai résisté au désastre du café parce que j'ai eu la chance de planter à temps quelques hectares de thé. C'est aujourd'hui une culture florissante et lucrative. Si mon neveu refusait de s'installer définitivement à Ceylan, il vous serait possible, d'ici quelques années, de retourner vivre en Angleterre.

Cette fois, il attendit une réponse. Mais il n'eut droit qu'à une interrogation :

— Vous venez de dire qu'à votre arrivée, vendredi, vous espériez que votre neveu épouserait cette jeune fille, aussitôt que vous auriez rejoint la plantation. N'est-il pas curieux que cette personne ait changé d'avis au dernier moment ? Et qu'en dit votre neveu ?

Lord Hawkston éprouva une réelle satisfaction à

l'énoncé de ces paroles. Parmi toutes les explications qu'il lui avait données, la jeune fille avait su extraire ce qui la concernait, elle, particulièrement. Elle voulait y voir clair, elle voulait comprendre. Il ne s'était pas trompé en la jugeant intelligente, elle lui en donnait la preuve.

— Vous avez raison de me poser cette question, mademoiselle Radford. Je vais être franc. Mon neveu ignore encore que sa fiancée a renoncé à lui. Il se trouve qu'il est malade et n'a pas pu venir, comme convenu, nous accueillir à Colombo. J'ai reçu une lettre de lui dans laquelle il me prie de l'excuser et me dit son espoir de nous voir dans quelques jours à Kandy.

— Et vous attendrez ce moment pour lui annoncer que, sa promise ayant renoncé à lui, vous lui en amenez une autre ?

Elle avait posé la question doucement, gentiment, mais l'accent sarcastique qu'elle y avait mis n'échappa pas à lord Hawkston.

— Gerald a échappé à une union qui ne pouvait être que désastreuse, et quand il vous connaîtra, il sera très satisfait de l'arrangement que j'ai conclu dans votre intérêt à tous deux.

Dominique se détourna pour regarder le rayon de lumière qui passait sous les stores aux trois quarts baissés. La voyant de profil, lord Hawkston nota le port de tête et la ligne volontaire du menton. Bien habillée, coiffée de façon moins austère, elle serait non seulement jolie, mais belle, et avec une certaine allure.

— Attendiez-vous sérieusement de moi, milord, que j'accepte d'épouser un homme que je n'ai jamais rencontré ?

— Ce que j'attends de vous, c'est que vous me fassiez confiance. Mon neveu est un jeune homme bien fait, de belle apparence, et j'ai entendu des femmes lui trouver une certaine beauté. Il mesure un mètre soixante-quinze, c'était un excellent cavalier quand il était en Angleterre où il participait à des concours, et il se sent parfaitement à l'aise dans un bal.

— Imaginez que je lui déplaise ?

— Je crois que, dans les conditions où il vit actuellement, il accueillera à bras ouverts la compagnie d'une jeune fille charmante, qui prendra ses intérêts à cœur et lui fera une existence agréable et confortable.

Elle ne semblait pas convaincue. Lord Hawkston insista :

— Après tout, supposons que vous vous soyez déjà rencontrés deux ou trois fois. Supposons même que vous ayez dansé ensemble. Vous considéreriez cela comme suffisant pour une demande en mariage et vous accepteriez. Tout ce que je vous demande, c'est de passer outre à ces conventions purement formelles, et qui n'ont, en fait, aucune signification. En me faisant confiance, en ajoutant foi à la description honnête que je vous fais de mon neveu et de sa situation, vous avez plus de chance de ne pas vous tromper, ou de n'être pas trompée, qu'en acceptant d'épouser un godelureau quelconque qui vous aura été présenté dans les règles et dont vous ignorerez tout.

Dominique poussa un petit soupir, mais ne dit rien. Visiblement ces arguments ne parvenaient pas à vaincre sa réserve. Il en employa d'autres :

— Je pense que vous vous rendez compte que votre père, avec six filles, ne parviendra pas sans difficulté à les caser toutes. Si vous épousez mon neveu, j'ai l'intention de vous verser une somme confortable pour vous permettre de vivre dans l'aisance. Et vous hériterez de moi quand je mourrai.

Dominique lui lança un bref regard de côté :

— Cela ne se produira certainement pas avant longtemps, milord.

Il ne put retenir un sourire :

— Je suis déjà dans la force de l'âge, comme on dit poliment, et je vous affirme que je n'ai nullement l'intention de me marier. J'ai vécu seul assez longtemps pour m'être parfaitement accommodé de ma propre compagnie, et je suis satisfait d'être resté célibataire. Ainsi est-ce vraisemblablement Gerald qui héritera du titre et du domaine des Hawkston. Et vous, vous deviendrez lady.

De nouveau Dominique regardait droit devant elle. Un sourire un peu triste flottait sur ses lèvres.

— Maman disait toujours : « Cela porte malheur d'attendre qu'un homme soit mort pour entrer dans ses chaussures. »

— Mais je vous promets que, déjà de mon vivant, votre existence sera aisée.

Elle s'obstinait à ne pas lui faire face, et se taisait. Il reprit patiemment :

— Envisagez-vous vraiment de continuer à vivre durant toutes les années qui viennent dans cette maison, à la dévotion de vos sœurs et de votre père ? Surveillant les enfants de chœur durant les services religieux, et faisant le catéchisme à l'école du dimanche, comme vous l'avez fait aujourd'hui ? Vous croyez que c'est une existence, cela ?

— Je crois que maman aurait aimé que la nôtre soit plus gaie, et que nous fréquentions plus de monde, mais, quand je le suggère, papa s'irrite, se fâche.

Elle avait dit cela lentement, comme à regret, et brusquement elle tourna la tête pour planter franchement son regard dans celui de lord Hawkston :

— Pourquoi ne prendriez-vous pas Foy, pour votre neveu ? Elle languit de se marier, elle. Elle aime la compagnie des jeunes gens. Je suis sûre qu'elle sauterait avec joie sur votre proposition.

Il secoua la tête.

— Foy, d'après ce que m'a dit votre père, vient juste d'avoir dix-huit ans, et j'ai le sentiment qu'elle n'a ni votre bon sens ni votre intelligence. De toute façon, ma décision est prise. C'est vous que j'ai choisie, Dominique. C'est à vous que je demande de bien vouloir m'accompagner à Kandy, aussitôt que nous aurons fait l'achat de votre trousseau.

— Mon trousseau ? lança Dominique, les lèvres crispées. (Puis, avant qu'il ait pu répondre, elle poursuivit, véhémente :) Il faut que vous compreniez, milord, qu'il m'est impossible d'acquérir de nouvelles robes ou de dépenser de l'argent pour des accessoires de toilette. Je dois me contenter de ce que je possède. Papa ne tolérerait pas que je montre une telle exigence et d'ailleurs il n'a pas les moyens d'y consentir. Vous ne voyez donc pas que nous sommes pauvres ?

— Mais bien sûr. Et je vous promets, Dominique, que vous pouvez avoir un trousseau magnifique, le plus beau que l'on puisse se constituer à Colombo, sans qu'il en coûte un centime à votre père.

— Cela signifie-t-il que c'est vous qui le paierez ?

— Evidemment.

— Je ne pense pas que papa...

— Votre père, laissez-le-moi. Je m'en charge. Comme je vous l'ai dit, je finis toujours par obtenir ce que je veux. Persuader votre père de me laisser choisir votre trousseau en l'achetant moi-même ne me paraît pas très difficile. Il conviendra que ce n'est que justice, puisque vous allez devenir ma nièce. Et j'ai raison aussi en ce qui vous concerne, Dominique. Ne seriez-vous pas contente de m'abandonner enfin toutes vos responsabilités, de vous en remettre à moi totalement en ce qui concerne votre avenir et celui de votre famille ? Si vous acceptez, je suis sûr que jamais vous ne le regretterez.

— Comment pouvez-vous en être si sûr ?

— Permettez-moi de vous exprimer clairement l'alternative qui s'offre à vous. N'est-il pas plus agréable de devenir la femme d'un jeune homme charmant, très bien de sa personne, qui possède suffisamment d'argent et la perspective d'en obtenir plus tard bien davantage encore... n'est-cc pas préférable que de n'avoir pour tout avenir celui d'une vieille demoiselle esclave de ses travaux ménagers, qui s'échine jusqu'à la limite de ses forces pour le bien-être d'une famille qui trouve cela tout naturel et ne lui adresse en retour ni éloges ni remerciements ?... Sans compter l'orgue, les enfants de chœur, et le catéchisme ?

C'était une réalité qu'il avait découverte depuis son arrivée chez le vicaire. Il avait immédiatement compris en parlant au prêtre que celui-ci n'avait pas la moindre idée de la somme d'efforts, de fatigue et de peine que représentait pour sa fille la tenue de sa maison, depuis la mort de Mme Radford.

Observant attentivement le visage de Dominique, lord Hawkston se rendit compte que l'argument avait porté. Il la sentait indécise. Elle essayait de n'en rien laisser paraître, mais il savait que son esprit était troublé et qu'elle avait du mal à mettre ses idées en ordre.

Lord Hawkston était un meneur d'hommes ; il savait comment les pousser à exécuter ce qu'il avait décidé de faire. Ainsi se conduisit-il avec Dominique :

— Allons, assez tergiversé. Vous avez tout à gagner et rien à perdre en acceptant. Donnez-moi votre main et dites-moi que vous êtes d'accord.

Il lui tendit la sienne largement ouverte. D'un geste encore hésitant, elle avança les doigts, comme il espérait qu'elle allait le faire, et lord Hawkston les serra.

Ils étaient glacés et tremblants.

Ainsi abandonnés, comme des choses sans vie, cela ne signifiait pas grand-chose. Lord Hawkston jugea utile d'insister :

— Alors ? C'est oui, ou c'est non ?

Dans un murmure presque inaudible, elle répondit :

— C'est oui... milord.

3

Lord Hawkston n'attendit pas le thé qu'on avait préparé pour lui.

Il avait appris qu'en affaires, dès qu'une négociation a été favorablement conclue, il est plus habile de filer avant que la partie adverse n'ait eu le temps de réfléchir et, éventuellement, de revenir sur les termes de l'accord ou de tout remettre en question.

— Ne dérangez pas votre père, avait-il dit à Dominique, je m'en vais. Je reviendrai demain matin et nous nous occuperons de votre trousseau.

Elle n'avait rien répondu. Il savait qu'elle avait la gorge trop serrée pour parler.

— Je vous suis infiniment reconnaissant d'avoir bien voulu agréer mon neveu pour époux, dit-il, en guise de conclusion.

Ils avaient échangé un salut et une révérence, puis Dominique était allée lui ouvrir la porte.

Le landau du gouverneur, orné d'un blason aux armes de l'Empire britannique, resplendissait devant le presbytère, avec ses chevaux aux harnais d'argent.

Dominique ne put s'empêcher de remarquer que les laquais, dans leur livrée somptueuse, promenaient un regard plein de dédain sur ce qui les entourait.

Un valet de pied ouvrit la portière, et fit basculer le marchepied pour lord Hawkston. Quand celui-ci fut installé, il posa sur ses genoux une légère couverture pour le protéger de la poussière, et grimpa sur son siège, tandis que le cocher fouettait les chevaux.

Lord Hawkston souleva son chapeau haut de forme pour un dernier salut auquel Dominique répondit par une ultime révérence.

Elle resta là, debout, regardant la voiture s'éloigner jusqu'à ce qu'elle eût disparu dans le virage. Elle ne savait pas qu'en cet instant même lord Hawkston était ravi de la façon dont elle se tenait, la tête droite, avec un petit air de défi, comme si elle faisait appel à tout son courage pour supporter dignement le trouble qui l'habitait.

« Une fille très bien, pleine de sagesse, se disait-il. Elle aura une excellente influence sur Gerald et, sans aucun doute, ils s'entendront parfaitement. »

Quand elle eut perdu de vue l'attelage, Dominique rentra dans la maison, referma la porte et resta adossée au battant. Elle se sentait prise soudain d'une étrange faiblesse.

Quand celle-ci fut passée, elle se précipita dans la cuisine, où elle savait trouver ses sœurs.

Elles étaient toutes là. Foy préparait les sandwiches, Charité et Espérance disposaient les fruits dans la corbeille d'osier. Elles bavardaient avec entrain, mais, lorsque Dominique entra, elles se turent brusquement pour se tourner vers elle, la questionnant du regard.

— Qu'est-ce qu'il est venu faire ? demanda enfin Charité.

Foy, laissant tomber son couteau sur la table, s'exclama :

— Tu ne vas pas me dire qu'il est parti sans attendre le thé, après tout le mal que nous nous sommes donné ! Tu ne l'as pas laissé s'en aller, Dominique, alors que tu savais combien nous étions curieuses de faire sa connaissance ?

— Si. Il est parti.

Sa voix avait un son bizarre. Elle alla jusqu'à la table et se laissa choir sur une chaise en bois.

— Dis-nous au moins pourquoi il est venu ! insista Charité.

Cette dernière n'était pas aussi jolie que Foy, mais elle avait les mêmes yeux bleus, les mêmes cheveux blonds. A seize ans, elle en était encore à la période où les filles, inconscientes de leur féminité, veulent imiter les garçons : ses cheveux étaient toujours en désordre, ses ongles peu soignés.

— Enfin, vas-tu nous dire ce qu'il voulait ?

— Me demander d'épouser son neveu.

Dominique savait que tout d'abord ses sœurs ne la croiraient pas. Mais elles furent aussitôt convaincues en voyant la mine sérieuse de leur aînée, et restèrent stupéfaites, la bouche ouverte, les yeux agrandis, figées dans un étonnement qui eût été comique si Dominique n'avait pas fait elle-même cette expérience.

— Te demander... quoi ? put enfin articuler Foy.

— D'épouser son neveu. C'est un planteur de thé et la jeune fille que lord Hawkston lui avait amenée pour...

Charité l'interrompit dans un cri :

— Lord Hawkston ? Tu veux dire que ce monsieur est un lord ?

— Un lord ! répéta Foy. Un lord est venu chez nous ! Oh ! Dominique, comment as-tu pu le laisser s'en aller ?

— Il reviendra demain, et nous irons acheter mon trousseau.

Brusquement, la cuisine devint une vraie volière : ces demoiselles babillaient, caquetaient toutes en même temps et dans ce brouhaha il était impossible de rien comprendre à leurs propos. On entendait seulement, répétés par l'une ou l'autre, les mots « lord », « trousseau », « mariage », si bien que Dominique, finalement, s'écria, en se bouchant les oreilles :

— Assez ! Laissez-moi réfléchir ! Je voudrais être sûre d'avoir eu raison d'accepter.

— Si tu veux dire que tu as accepté d'épouser le neveu d'un lord, je me demande bien quelle question tu veux encore te poser ! protesta Foy. C'est incroyable ! C'est la chose la plus merveilleuse, la plus exaltante que j'aie jamais entendue !

— Ah ! je pense bien ! approuva Espérance. Nous irons tous habiter avec toi. Tu crois qu'il me prêtera un cheval ? Et là-haut, pendant que le thé pousse, on va à la pêche, je le sais. Mais je ne voudrais pas le contrarier ! Tu lui demanderas pour moi, Dominique ?

Comme Dominique ne répondait pas, Foy intervint :

— Tais-toi, laisse-la. Elle nous dira tout, mais, pour le moment, ne la tracassons pas, elle a besoin d'être seule. Verse-lui une tasse de thé, Charité. Tu devrais manger un sandwich, Dominique. Ils sont bons, crois-moi, et tu n'as pratiquement rien mangé à midi.

— Pour ce qu'il y avait à manger... remarqua Grâce.

Grâce était petite et ronde, presque boulotte, et se plaignait constamment de ne pas manger à sa faim.

Espérance répliqua, agacée :

— Tu ne t'es pas privée pour autant, que je sache. Tu ne te prives jamais.

— Assez, vous deux ! coupa Foy. Cessez de vous chamailler. Vous ne voyez pas que Dominique a des soucis ?

Ce disant, elle prit deux sandwiches dans le plat et les posa devant Dominique, tandis que Charité lui servait une tasse de thé :

— Bois ça, après tu te sentiras mieux pour tout nous raconter.

Prudence, la benjamine, qui n'avait que neuf ans, vint se blottir contre l'épaule de son aînée :

— Ne nous quitte pas, Dominique. Nous ne pourrons jamais nous en sortir sans toi.

Dominique l'entoura de son bras et la serra tendrement contre elle :

— C'est bien ce qui m'effraie. Oh ! mes petites filles, ai-je pris la bonne décision ? J'ai accepté en pensant qu'ainsi je pourrais vous aider.

— On peut venir avec toi ! s'écria Espérance.

— Et tu nous donneras tous les vêtements dont tu ne voudras plus, ajouta Foy.

Quant à Charité, elle lança :

— J'espère qu'il a beaucoup, beaucoup d'argent ? D'habitude les lords sont riches, très riches !

Dominique but quelques gorgées de thé et se sentit mieux, en effet.

— Lord Hawkston m'a promis que si j'épousais son neveu il nous donnerait suffisamment d'argent pour nous permettre de mener une existence confortable. Je suppose qu'il vous aidera et que, de toute façon, je pourrai convaincre papa qu'il est indispensable que Mallika vienne tous les jours faire le ménage au lieu d'un jour par semaine, comme c'est le cas actuellement.

— Il faudra aussi qu'elle fasse la cuisine, affirma Foy avec vivacité. Tu sais combien je suis mauvaise cuisinière.

— Mais papa acceptera-t-il ? Je suis sûre qu'il va m'obliger à dire non. D'un côté, il n'aura pas tort : c'est une folie d'épouser un homme que l'on n'a jamais vu !

— Même pour toi, remarqua Charité, ce serait dommage de refuser, s'il est aussi beau et élégant que son oncle ! Et quand il te verra, Dominique, il va sûrement tomber amoureux de toi... et toi de lui. Ce sera un vrai conte de fées.

Dominique vida sa tasse et se leva en se passant une main sur le front.

— Je n'arrive pas à y croire ! Lors Hawkston est-il vraiment venu ici, ou l'ai-je rêvé ?

— C'est vrai ! Il est venu ! s'écria Charité. C'est

moi qui lui ai ouvert, et qui suis allée chercher papa ! Imagine, Dominique, ce que représentera ce mariage dans la famille ! C'est papa qui vous bénira à l'église ?

— Je... je ne pense pas. Je crois que lord Hawkston a prévu de m'emmener à Kandy où aura lieu la cérémonie.

— Mais, alors, nous ne pourrons pas être tes demoiselles d'honneur ! constata Foy, dépitée. Oh ! Dominique, je voudrais tant être ta demoiselle d'honneur !

— Pourquoi ce jeune homme — je ne connais même pas son nom — n'est pas venu à Colombo accueillir son oncle ? demanda Espérance.

— Il est malade. Son nom est Gerald Warren.

Charité pencha un peu la tête sur son épaule.

— Mmm... c'est romantique, comme prénom. J'aime bien...

— Mais Warren, c'est lourd, estima Foy. Mme Warren... Bah ! ça ne sonne pas tellement mal ! C'est dommage qu'il ne soit pas lord.

— Il le sera un jour, si son oncle n'a pas de descendance. Or, celui-ci veut rester célibataire.

Les trois aînées poussèrent un cri d'enthousiasme que traduisit Charité :

— Alors, tu seras lady ? Imagine ça, Dominique ! On te dira « Votre Grâce » et, quand tu dîneras à la Maison de la Reine, tu seras assise à la droite du gouverneur !

Pour la première fois depuis son entrée dans la cuisine, Dominique eut un sourire.

— Cette perspective reste lointaine. Lord Hawkston est encore jeune.

— A l'église, il m'a paru avoir trente-cinq ou trente-six ans, estima Foy. En général, je devine assez bien l'âge des gens.

Immédiatement, Charité la contredit :

— Moi, je crois qu'il est plus vieux que ça. Mais il

est très distingué. J'aurais aimé le voir avec sa perruque de lord.

— Je ne pense pas qu'il s'en encombre quand il voyage, plaisanta Dominique.

— Mais qu'est-ce qu'il t'a encore dit ?... commença Foy.

Un tintement de cloche l'interrompit.

— Papa ! murmura Foy au bout de quelques secondes. Charité, va voir ce qu'il veut.

Dominique leva la main :

— Non, j'y vais. Je suis sûre que c'est moi qu'il veut voir.

Aucune protestation ne s'éleva. A l'exception de Dominique, elles avaient toutes peur de leur père. Sa seule présence dans une pièce voisine influait sur leurs propos et modifiait jusqu'au timbre de leurs voix.

Dominique revint se verser un fond de thé qu'elle but, sans sucre, puis, se raidissant un peu, elle sortit de la pièce et longea l'étroit couloir qui menait vers les pièces de devant.

Le presbytère avait été construit cinquante ans auparavant dans le style colonial grandiose de l'époque. Le premier des vicaires fut un personnage important dont l'entourage était pompeux et opulent. C'était un homme riche, bien différent en cela de ses successeurs, tous incapables de suppléer aux émoluments fort modestes que leur allouait la commission des églises d'Angleterre.

Seules Dominique, et sa mère avant elle, avaient connu la peine qu'exigeait la tenue d'une telle bâtisse. Mais la jeune fille s'y consacrait sans se plaindre, passant une grande partie de ses journées à ce travail ingrat et, au fond, inutile.

Le bureau du vicaire, une pièce immense, ouvrait sur le jardin. Lorsque Dominique y pénétra, son père l'accueillit d'une voix irritée :

— Pourquoi n'es-tu pas venue me chercher pour que je prenne congé de lord Hawkston ?

— Il ne voulait pas de thé, papa, et il reviendra demain matin.

— T'a-t-il fait part de sa proposition ?

— Oui, papa.

— J'ai accepté parce que j'ai pensé que, pour toi, c'était le mieux. Après tout, comme me l'a fait remarquer Son Honneur, j'ai six filles qui, sans aucun doute, voudront un jour ou l'autre se marier.

— Oui, papa.

— J'aurais préféré rencontrer d'abord ce jeune homme, mais lord Hawkston m'a dit le plus grand bien de son neveu et ta mère aurait été heureuse de te voir épouser un Anglais, qui n'a pas été corrompu par le péché et la dépravation qui règnent dans cette île.

— Oui, papa.

— Lord Hawkston t'a-t-il fait part de ses plans ? Il veut t'emmener à Kandy où vous vous marierez.

— J'aurais aimé que ce soit vous qui bénissiez notre union, papa.

— C'est bien ce que j'avais espéré faire un jour. Mais tu sais aussi bien que moi, Dominique, que mon temps ne m'appartient pas et que je n'ai pas les moyens de m'offrir ce voyage.

— Bien sûr, papa. Je sais.

— Je te donnerai ma bénédiction avant ton départ. Pour l'instant, Dominique, je voudrais que, ensemble, nous priions Dieu de t'accorder son soutien dans ta nouvelle vie, et qu'il te garde de faillir à l'idéal et aux principes que je t'ai inculqués depuis ton enfance.

Ce disant, le vicaire s'agenouilla à côté de son bureau.

Dominique l'imita, face à lui.

Ses sœurs et elle étaient habituées à prier ainsi, à n'importe quelle heure du jour, quand leur père estimait avoir besoin de l'aide du Seigneur ; ce qui ne les dispensait en aucun cas des services du matin et du soir à l'église.

Tandis que le vicaire se lançait dans une longue imploration adressée au Très-Haut pour qu'il écarte de Dominique les démons de toutes sortes, la jeune fille proférait mentalement sa propre prière, infiniment plus simple et plus réconfortante, parce que puisée au plus profond et au plus sincère d'elle-même :

« Aide-moi, Seigneur. Assure-toi que j'ai fait ce qu'il fallait selon Ta volonté. Que maman, là où elle est, m'approuve. Il paraît curieux d'épouser un homme que l'on n'a jamais vu, mais c'est peut-être une mission dont Tu me charges pour le bien de mes sœurs. Que papa comprenne qu'il doit consentir à faire venir Mallika chaque jour pour le ménage. Accorde à Foy la volonté et la patience de veiller sur Prudence et Grâce, soutiens-la dans cette tâche à laquelle elle n'est peut-être pas bien préparée. »

Avec un léger retard, elle se rendit compte que son père en avait terminé et attendait. Très vite elle murmura : « Amen. »

Son père s'emporta :

— A ce que je viens de dire, la bonne réponse était : « Dieu très saint, délivre-nous du péché. »

— Pardon, papa. Dieu très saint, délivre-nous du péché.

— Amen !

Le vicaire se releva :

— Nous prierons plus longuement lorsque nous nous retrouverons tous ensemble ce soir, Dominique. Je sens que Dieu nous a entendus et qu'Il te protégera de toutes les difficultés et de toutes les tentations qui, peut-être, t'attendent.

— Merci, papa.

Puis Dominique monta à sa chambre et contempla, sur la tablette de la cheminée, un portrait de sa mère.

Mme Radford avait été une femme charmante, avec les mêmes yeux bleus que Foy et des cheveux blonds. Mais d'elle, Dominique tenait son petit nez et la douce courbure de ses lèvres.

Son visage était, comme celui de ses filles, en forme de cœur, mais ses sourcils qui évoquaient les ailes d'un oiseau en plein vol, et qui donnaient à son regard cette expression particulière qui avait frappé lord Hawkston à l'église, seule Dominique en avait hérité.

Scrutant ce visage comme s'il pouvait lui parler, elle murmura : « Que m'aurais-tu conseillé de faire, toi, maman ? Suppose que dès le premier regard, je me rende compte qu'il me déplaît, que jamais je ne pourrai l'aimer ? Ou qu'au contraire ce soit moi qui lui déplaise ? »

Comme si elle avait entendu une voix au fond d'elle-même, elle murmura : « Oui, bien sûr, je n'aurai qu'à revenir. »

A son arrivée à Kandy, elle serait encore libre et si, dès le premier contact, il était prouvé que lord Hawkston s'était trompé, elle était à peu près certaine qu'il ne s'entêterait pas à exiger une union vouée à l'échec et qu'il lui paierait son voyage de retour à Colombo.

« Dans ce cas-là, je n'ai donc rien à perdre. Et s'il se trouve que nous nous plaisons, alors les choses seront très différentes. »

Ce qui lui paraissait le plus important, c'était de pouvoir venir en aide à ses sœurs.

Elle savait que son père serait de plus en plus difficile à vivre. En effet, depuis la mort de leur mère, pour ses sœurs et pour elle, il devenait chaque jour plus insupportable.

Il contrôlait les dépenses à un centime près. Bientôt on entrerait dans le carême et il exigerait deux jours de jeûne absolu par semaine.

Même en temps normal on ne mangeait pas le

vendredi et l'économie que cela représentait était distribuée aux pauvres de Colombo qui, pour la plupart — ne pouvait s'empêcher de penser Dominique — se nourrissaient mieux que la famille de leur vicaire. En un mot : Dominique et ses sœurs ne mangeaient pas à leur faim.

« Lorsque je serai mariée, j'essaierai de trouver un bon mari pour Foy. Quant à mes autres sœurs, je ferai tout mon possible pour les aider... même contre la volonté de mon père. »

Prenant conscience que ces pensées contenaient un accent de révolte, elle en éprouva du regret et un peu de honte. Mais elle savait que trois de ses sœurs, les plus âgées, étaient réellement excédées par l'ascétisme fanatique de leur père, au point qu'elles en étaient arrivées à ne plus éprouver pour lui aucune affection vraie.

De nouveau, elle contempla longuement le portrait de sa mère : « J'ai essayé de veiller sur elles comme tu l'aurais fait, maman. Mais c'est difficile, tu sais... très difficile. »

Après son départ, la situation de ses sœurs deviendrait encore plus pénible. Mais du moins elle aurait le réconfort de se dire que cela ne durerait pas. D'ici un an ou deux, elle trouverait bien le moyen de les arracher, d'une façon ou d'une autre, aux restrictions de toutes sortes qui leur étaient imposées.

« Quel dommage que lord Hawkston ne veuille pas de Foy à ma place ! Elle en aurait été ravie, et aurait fait une mariée plus épanouie et plus heureuse que je ne le serai. »

Une mariée !

D'imaginer que, bientôt, elle serait la femme de quelqu'un dont, une heure plus tôt, elle ignorait jusqu'à l'existence, cela faisait naître en elle un sentiment étrange de crainte, d'angoisse même.

Lorsque lord Hawkston arriva le lendemain matin, Dominique ne l'attendait pas encore, car il était très tôt.

Elle ne l'attendait pas avant 10 h 30, 11 heures. Il entra, soudain, par la cuisine, dont elle était en train de brosser les pavés à genoux.

Elle poussa un cri en voyant deux pieds aux chaussures polies comme des miroirs avancer vers elle. S'asseyant sur ses talons, elle leva la tête. Sa confusion fut telle que ses joues devinrent écarlates.

— Vous ne m'attendiez pas ? demanda-t-il de sa voix grave.

— N... non, milord. Il est à peine 9 h 30 et je pensais que vous viendriez plus tard.

— Je suis un lève-tôt, et nous avons beaucoup à faire, Dominique. J'ai pensé que nous n'avions pas de temps à perdre.

— Je serai vite prête, milord.

Elle s'imaginait telle qu'il la voyait : une brosse de chiendent à la main, un morceau de savon posé à côté, la bassine d'eau chaude déjà sale, et elle, accroupie avec un tablier de sac pour protéger sa robe de coton.

Elle ramassa le savon et se redressa, tandis qu'il lui demandait :

— Vous êtes vraiment obligée de faire ça ?

— Papa ne peut payer une femme de ménage qu'un jour par semaine et le pavé de la cuisine se salit très vite.

— Je vois, je vois. Et comment cela se passera-t-il quand vous ne serez plus là ?

— J'ai promis à Foy, car elle déteste ce genre de travaux, de convaincre papa qu'il fasse venir Mallika, une excellente ménagère, tous les jours. Mais je ne suis pas sûre qu'il acceptera.

Elle parlait d'un ton gêné, en dénouant le cordon qui, autour de son cou, maintenait devant sa poitrine le haut du tablier.

— Je m'aperçois, Dominique, que votre départ va causer beaucoup de problèmes. Je n'y avais pas pensé. Croyez-vous que cela simplifierait les choses si je réglais moi-même les gages de Mallika ? Après tout, je dois à votre père une compensation pour le dommage que je lui cause en le privant, non seulement de sa fille mais, apparemment, de sa « bonne à tout faire » ?

Le ton était sarcastique. Il savait qu'en aucune autre maison de Colombo la dame des lieux ne lavait les pavés de sa cuisine. De nouveau les joues de Dominique s'enflammèrent.

D'une voix hésitante, elle répondit :

— Je crois papa beaucoup trop fier pour accepter votre proposition. (Presque aussitôt, elle se reprit :) Non... ce n'est pas cela que je crois. En vérité, je suis persuadée que si vous donnez à papa de l'argent pour payer Mallika, il l'utilisera pour soulager la misère d'une autre famille qu'il estimera en avoir plus besoin que la nôtre. Et, dans ce cas, Foy sera quand même obligée de nettoyer la maison.

Un léger sourire fit frémir les lèvres de lord Hawkston :

— Je vois qu'il me faut trouver autre chose. Vous pourriez régler vous-même Mallika avec l'argent que je vous donnerais ! Qu'en pensez-vous ?

— Oh ! ce serait très bien ! affirma Dominique, ravie. Mais... pensez-vous vraiment... en avoir les moyens ?

— J'en suis sûr. Voyez-vous, Dominique, je suis ce que l'on appelle un homme riche. N'ayez donc aucun scrupule à accepter de moi non seulement les gages de Mallika, mais aussi le trousseau que nous allons commander tout à l'heure.

Dominique retint son souffle. Elle avait été sur le point d'ajouter quelque chose, mais elle y renonça.

— Eh bien, je vais me changer, décida-t-elle, je ne voudrais pas trop faire attendre Votre Honneur.

Puis elle quitta la cuisine sans lui laisser le temps de reprendre la parole.

Lord Hawkston inspecta le décor : un vieux poêle qui devait mal marcher, un pavé usé et disjoint, des chaises inconfortables, un service rustique sur le dressoir. Pensif, il s'avança jusqu'au salon où, la veille, le vicaire l'avait reçu.

Il n'eut pas ongtemps à attendre. Bientôt le pas de Dominique résonna sur les marches de l'escalier. A peine cinq minutes s'étaient écoulées.

Elle portait la robe qu'elle avait à l'église, le même vilain bonnet couvrait ses cheveux et ses mains étaient gantées de coton noir.

Contrariée, mais contre elle seule, elle s'excusa encore :

— Je suis navrée de n'avoir pas été prête à votre arrivée, milord.

— Où sont les autres ? s'étonna-t-il.

— Elles sont avec leur professeur. A l'exception de Foy qui a accompagné papa, puisque je ne pouvais le faire ce matin. Ce qui signifie qu'elle n'aura pas sa leçon de français.

Comme lord Hawkston paraissait surpris, la jeune fille crut devoir expliquer :

— Maman tenait beaucoup à ce que, en dépit de notre pauvreté, nous recevions une bonne instruction. Papa trouve que cela coûte cher, et il avait décidé d'arrêter les leçons de Foy quand elle aurait dix-huit ans. Mais j'ai pu obtenir qu'il lui laisse encore une année.

— Il semble que vous regrettiez les vôtres, non ?

— Plus que je ne saurais le dire. C'était comme d'entrer dans un tout autre monde. (Elle soupira :) Si, au moins, je pouvais acheter quelques livres !

Un brusque espoir fit briller ses yeux :

— Il y a des livres à la plantation ?

— Beaucoup même, et si vous n'y trouvez pas

ceux qu'il vous plairait de lire, on pourra sans problème les acquérir. Il y a, je le sais, une librairie à Kandy, et plusieurs à Colombo. Vous n'aurez qu'à me faire la liste de ceux qui vous intéressent, Dominique, et je m'en occuperai.

Tout en parlant, ils avaient atteint le devant de la maison où les attendait l'attelage. Dominique ne put retenir un frisson de plaisir en montant dans la victoria du gouverneur. Un valet de pied posa sur ses genoux une légère couverture, et lord Hawkston prit place à ses côtés.

— Qu'aimez-vous lire ?

— Tout ! Mais particulièrement l'histoire des pays étrangers. Surtout celle de l'Angleterre.

— Vous n'y êtes jamais allée ?

— Non. Maman nous racontait ce qu'avait été son enfance au manoir qu'elle habitait, à Gloucester. Cela nous fascinait.

— Mais vous aimez Ceylan ?

— Bien sûr. C'est ma patrie et j'aime Colombo, les gens, les fleurs, la mer... Maman disait toujours que, si nous allions en Angleterre, nous regretterions le soleil d'ici. Mais, d'un autre côté, nous y trouverions des compensations.

D'un ton sceptique, lord Hawkston demanda :

— Vraiment ? Et quelles compensations ?

— Maman considérait l'Angleterre comme sa vraie patrie, celle où elle avait ses racines... Je pense qu'elle avait raison. La nation où l'on est né, où ont vécu ceux qui vous ont précédé et dont vous êtes issu, c'est à mon avis plus profond et plus fondamental que ce qui figure sur votre passeport.

Lord Hawkston, surpris, regarda Dominique. Il était étonné de cette réflexion dans la bouche d'une femme, et surtout si jeune...

— Vous aimeriez voyager ?

— J'ai beaucoup voyagé en esprit... mais j'aimerais aussi voyager concrètement, oui. Cependant mes voyages étaient gratuits ! C'est pour cela que je pouvais me les offrir.

Elle rit en disant cela et lord Hawkston nota combien le rire transformait, illuminait son visage.

A ce moment-là ils passaient devant le champ de courses qui longeait le bord de mer. Dominique attendit de l'avoir dépassé pour reprendre :

— Depuis le temps que vous vivez à Ceylan, à quel pays avez-vous le sentiment d'appartenir, vous, milord ?

— C'est une question que je me suis souvent posée. En quittant Ceylan, il y a deux ans, j'ai eu le sentiment d'abandonner derrière moi tout ce qui me tenait à cœur, tout ce que je considérais comme faisant désormais partie de moi. Et pourtant, une fois en Angleterre, j'ai découvert que ce pays était aussi en moi, parce qu'il représentait toute mon enfance, toute mon adolescence. C'est là où je m'étais senti devenir un homme.

— Et vous l'aimez autant que vous aimez Ceylan !

— Je crois, oui.

Il dut l'admettre, mais avec une certaine surprise, comme s'il n'avait jamais considéré ce problème auparavant.

Ils arrivaient maintenant dans la partie la plus peuplée de la ville, où se côtoyaient une infinité de races et de vêtements typiques.

Il y avait les Cinghalais, hommes et femmes indistinctement coiffés avec leurs cheveux en chignon, mais seuls les chignons des femmes étaient ornés de peignes et d'épingles. Et les Tamils à la peau presque noire, qui venaient de l'Inde.

Des Hindous de toutes castes côtoyaient des Maures au sang arabe, descendants de ceux qui avaient introduit à Ceylan la culture du café ; et puis, des négociants afghans, des policiers malais, des Persans au long nez, des Chinois aux yeux bridés... sans compter les Eurasiens, les Germaniques, les Portugais, les Anglais.

— Où m'emmenez-vous ? demanda Dominique.

— J'ai appris par une secrétaire du gouverneur que la couturière en vogue à Ceylan s'appelait Mme Fernando.

Dominique ouvrit de grands yeux.

— C'est exact, mais je dois avertir Votre Honneur que c'est très, très cher !

— Je vous ai déjà dit, Dominique, que vous auriez le plus beau trousseau qu'une jeune mariée puisse désirer. Je vais vous déposer chez Mme Fernando, lui expliquer que les factures devront m'être adressées. Ensuite, vous ferez vos choix vous-même et vous achèterez tout ce qui vous conviendra.

Dominique sentit une petite boule dans la gorge. Elle regarda droit devant elle en attendant que cela passe.

Lord Hawkston était persuadé qu'elle songeait déjà à tout ce qu'elle allait pouvoir s'offrir.

Quelle jeune fille, habillée comme l'était Dominique, dans une robe — il en aurait mis sa main au feu — qu'elle avait confectionnée elle-même, dans un tissu très bon marché, quelle jeune fille n'aurait senti la tête lui tourner à la pensée, s'il fallait en croire la secrétaire du gouverneur, qu'elle allait compter parmi les femmes les mieux habillées de Colombo ?

Quand la victoria fut arrivée à destination, le valet de pied descendit de son siège pour ouvrir la portière. Impulsivement, Dominique se tourna vers son futur oncle :

— Je vous en prie, j'aimerais que ce soit vous qui choisissiez ce que je dois acheter. Toute seule, je suis sûre que je vais commettre des erreurs et ensuite vous aurez honte de moi.

Il ne cacha pas sa surprise. Il avait établi son emploi du temps jusqu'au moment de revenir la chercher. Il lui allait falloir s'asseoir chez une couturière et décider de ce qu'il convenait à une jeune femme de porter, tant les toilettes que les pièces de lingerie de son trousseau ! Et lui qui pensait n'avoir qu'à signer un chèque !

Cependant, il se résigna avec un petit sourire :

— Pourquoi pas ?

Cette interrogation s'adressait plus à lui-même qu'à Dominique.

— Après tout, il y a longtemps que je sais que pour qu'une chose soit bien faite, le mieux est de la faire soi-même. Je resterai donc avec vous, Dominique, mais ne m'en veuillez pas ensuite si je conteste vos choix et si je vous impose le mien.

Son regard le remercia et il comprit qu'elle redoutait moins de commettre des fautes de goût que d'entrer seule chez cette célèbre couturière où sa timidité risquait de la rendre ridicule.

Comme prévu, Mme Fernando était imbue de son pouvoir en matière de mode et redoutablement persuasive. Son autorité était telle que lord Hawkston se rendit compte immédiatement que s'il n'avait pas accompagné Dominique, la pauvre enfant n'aurait pas eu grand-chose à dire : Mme Fernando lui eût imposé très exactement ce qu'elle aurait voulu.

Un des réceptionnistes vint chuchoter à l'oreille de Mme Fernando qu'un client venait d'arriver dans la victoria du gouverneur. Immédiatement elle s'avança au-devant de lord Hawkston.

— Que puis-je faire pour vous, monsieur ?

Elle était tout charme, toute grâce, et son léger accent français — c'était une Française d'origine —, qu'elle n'avait jamais perdu tout à fait, ajoutait encore à sa personnalité.

— J'ai effectivement besoin de votre aide, madame. Je m'appelle lord Hawkston.

Elle esquissa une révérence :

— Je suis à vos ordres, milord.

— Cette jeune fille, Mlle Dominique Radford, va

épouser mon neveu, M. Gerald Warren. Et il lui faut un trousseau complet.

Une lueur brilla dans le regard de Mme Fernando.

— Ce sera un vrai plaisir que d'habiller une personne aussi charmante que mademoiselle.

Tout en disant ces mots, elle avait jaugé d'un coup d'œil la robe de Dominique, examen qui la rendit soudain perplexe.

— Il y a cependant un petit problème, poursuivit lord Hawkston. Nous devons partir pour Kandy au plus tard jeudi prochain, ce qui signifie que Mlle Radford devra être en possession des quelques robes qui sont nécessaires pour ce voyage. Le reste pourra lui être expédié plus tard.

— Je dispose d'un lot de robes toutes prêtes, affirma Mme Fernando, ou auxquelles il ne manque que quelques finitions, et parmi lesquelles nous trouverons, j'en suis sûre, ce qui convient à mademoiselle. Accepterait-elle de les essayer pour que nous ayons votre opinion ?

— Nous nous remettons entre vos mains, madame.

Mme Fernando pensa qu'il était très bien, ce monsieur : beau, charmant, homme du monde... Il lui aurait bien plu !

Elle bavarda avec Dominique et, tout en la conduisant, la guidait vers un petit salon d'essayage, après avoir donné l'ordre à ses vendeuses cinghalaises d'aller chercher une douzaine de robes à l'atelier.

— Milord, votre oncle par alliance, mademoiselle, est un homme d'une parfaite distinction. C'est visiblement, comme vous dites en Angleterre, un « grand gentilhomme ».

— Il est très gentil. Mais je ne veux en aucun cas abuser de sa bonté, madame, et n'acheter que les robes les plus chères.

Mielleuse, caressante, Mme Fernando se récria :

— Ne vous souciez donc pas de détails de ce

genre ! La facture est une affaire entre monsieur et moi. Votre devoir à vous, c'est d'essayer les robes et de les présenter à la perfection ! Ainsi Monsieur pourra choisir ce qui lui paraîtra vous convenir le mieux et j'aurai, quant à moi, une idée plus claire de ce qu'il désire. Ainsi nous éviterons les tâtonnements. Je saurai vite ce qui est susceptible de lui plaire, aussi bien dans la collection de robes que pour le reste du trousseau.

Elle aidait Dominique à se dévêtir et une exclamation d'horreur lui échappa à la vue de ses dessous de calicot.

Pour la première fois de sa vie, Dominique se vit incontinent ficelée dans un corset qui lui donna une silhouette pour le moins étonnante.

— Vous êtes mince, mademoiselle, c'est très bien, mais il faut que les lignes du corps soient soulignées, comprenez-vous ? Une taille étroite, un soupçon de bassin, des hanches bien moulées...

Tout en parlant, elle manipulait Dominique à sa fantaisie, et celle-ci se laissait faire, attendant le résultat de tant de soins. Quand elle en eut terminé avec les dessous, Mme Fernando permit à Dominique de se regarder.

La jeune fille n'en crut pas ses yeux. Etait-il possible que ce satin fît paraître sa peau plus lumineuse, que ces bas de soie transforment à ce point le galbe de ses jambes ?

Enfin, on lui passa une robe qui lui fit pousser un petit cri de saisissement. Cette robe était en satin et d'un rose qui donnait plus d'éclat à ses cheveux, une fraîcheur nouvelle à son teint.

— C'est trop riche ! trop voyant ! gémit-elle.

Elle regardait les fronces et les volants de la jupe, le corselet étroit, la petite traîne qui ondulait sur ses pas.

— Je n'aurai jamais l'occasion de porter une toilette aussi compliquée !

— Allons la montrer à milord, répondit patiemment Mme Fernando. Nous en avons encore beaucoup d'autres à lui soumettre, si celle-ci ne lui convient pas.

Dominique se dirigea vers le grand salon, la tête basse. En voyant lord Hawkston assis, jambes croisées, dans un fauteuil de tissu damassé, elle comprit combien il avait été audacieux de sa part de lui demander de rester avec elle et, pourtant, sans lui, elle ne s'en serait jamais sortie.

Mme Fernando la paralysait littéralement par sa persuasion autoritaire ; quant à lord Hawkston, il n'aurait certainement pas compris pourquoi et comment elle avait pu se laisser imposer de pareilles toilettes par cette couturière qui, visiblement, n'appréciait pas qu'on la contredise. Mieux valait qu'il fût présent. Il saurait, lui, la remettre à sa place si elle essayait de la pousser à des achats ridicules.

Toutes ces robes étaient splendides, mais elles n'étaient pas pour elle. Elle ne pourrait pas les porter !

Tremblante, elle attendait le verdict.

— Charmant ! Cette robe vous va très bien, Dominique. Vous plaît-elle ?

— Mais je n'aurai jamais l'occasion de la mettre !

— Je vous ai dit que mon neveu est un jeune homme qui aime la vie, et ses plaisirs. Je suis sûr qu'il voudra vous emmener souvent à Kandy, à des réceptions, et que vous-même recevrez des visites.

Puis, se tournant vers Mme Fernando, il déclara :

— Vous pourrez mettre cette robe dans le trousseau, madame. Qu'avez-vous d'autre à nous proposer ?

Dominique essaya encore six autres robes que lord Hawkston insista pour acheter. Puis, on lui en soumit un certain nombre qu'il ne lui demanda pas d'essayer : il les tint simplement devant lui, à bout de bras, persuadé que Dominique aimerait à les porter. De toute la collection il n'avait écarté que quatre ou cinq modèles.

Finalement, Mme Fernando présenta « le clou de sa collection ». Lord Hawkston pria Dominique de bien vouloir l'essayer, car c'était la pièce la plus importante de son trousseau. Toute en dentelle blanche, c'était une robe de mariée si belle, d'une telle allure, que Dominique eut de la peine à se reconnaître dans le miroir.

Un grand voile et un bouquet de fleurs d'oranger l'accompagnaient.

Dans le salon d'essayage, Mme Fernando gronda :

— Il vous faudra changer de coiffure, mademoiselle. Elle est beaucoup trop sévère pour une jeune fille de votre âge. Je vous enverrai mon coiffeur. Il vous montrera comment il convient de vous coiffer désormais.

— N... non ! protesta vivement Dominique. Ne me l'envoyez pas avant que je ne vous l'aie demandé !

Elle était terrorisée à l'idée de son père voyant arriver un coiffeur au presbytère.

Mais elle admettait au fond d'elle-même que Mme Fernando avait raison : la façon dont elle se coiffait était rigoureusement incompatible avec l'élégance de ses nouvelles toilettes.

Pour plaire à la couturière, qui insistait, Dominique libéra ses cheveux qu'elle avait tirés au-dessus de ses oreilles et les laissa tomber en une douce vague sur ses épaules. Puis, après avoir tracé une raie médiane, elle en fit deux nattes qu'elle croisa sur le dessus de sa tête, en diadème.

— C'est déjà mieux. Mais avec des boucles sur le front, surtout le soir, ce serait plus seyant, et plus doux. Vos cheveux ne sont pas faits pour être tiraillés. Ils sont beaux, souples, il faut leur laisser ce que j'appellerai une liberté contrôlée... Un coiffeur en tirerait un excellent parti.

— J'y penserai, promit Dominique sans conviction.

Elle n'en avait nullement l'intention. Cependant quelque chose lui disait que, là encore, lord Hawkston serait de l'avis de la couturière.

Elle savait fort bien qu'il ne lui offrait pas toutes ces belles robes pour lui être simplement agréable. Il voulait qu'aux yeux de Gerald, elle soit aussi séduisante que cette autre jeune fille qui avait rompu ses engagements.

« Je suppose qu'elle est très jolie », se disait Dominique.

Elle aurait bien voulu la connaître afin de prendre modèle sur elle. Mais à la réflexion, elle se dit que vouloir être la copie conforme d'une femme qui avait failli à sa parole et offensé non seulement Gerald mais son oncle, n'était peut-être pas très indiqué.

Enfin Dominique entra au salon revêtue de la robe de mariée, sans affecter une assurance qu'elle n'avait pas, mais sans aucun complexe, exactement comme elle porterait, elle, une robe de mariée : avec une confusion digne et un bonheur timide. Et elle n'avait, pour ce faire, nullement besoin de feindre...

Lord Hawkston la regarda longuement avant de dire :

— On dirait qu'elle a été conçue spécialement pour vous.

— Elle vous convient donc, milord ? demanda Mme Fernando.

— Oui, je la prends. Mettez-la avec les autres.

— Merci, milord, merci !

Tandis que Mme Fernando se retirait pour donner des instructions à son personnel, Dominique se rapprocha de lord Hawkston.

— Vous êtes sûr de vouloir acheter cette robe ? Vous ne pensez pas que... que cela risque de nous porter malheur, de n'avoir pas envisagé la possibilité que votre neveu... refuse de m'épouser ?

— En ce moment, je suis persuadé qu'aucun homme au monde ne courrait le risque de vous laisser lui échapper. Regardez-vous dans le miroir, Dominique. Voyez vous-même combien vous êtes charmante, et désirable, dans cette robe !

Elle eut un faible sourire, tandis que son regard restait inquiet.

— Vous devez être fatiguée, reprit-il. Pour ce matin, vous en avez assez fait. Allez mettre une de vos nouvelles robes et nous irons déjeuner sur la terrasse de l'*Hôtel de Galle*.

Dominique parut surprise, mais s'exécuta et Mme Fernando, consultée, l'aida à revêtir une robe simple, mais ravissante, de mousseline imprimée de fleurs et garnie de rubans roses.

Des chaussures, des gants et un petit sac assortis l'accompagnaient. Un petit bonnet, aussi, entièrement fait d'exquises roses de soie, et noué sous le menton d'un ruban rose.

— Dois-je jeter les vêtements que vous portiez à votre arrivée ? demanda Mme Fernando.

Dominique eut une exclamation horrifiée :

— Non ! Bien sûr que non ! Tout cela est encore très portable et j'ai cinq sœurs cadettes.

La couturière sourit finement :

— A l'avenir, vous aurez des toilettes infiniment plus séduisantes à leur donner.

— Je le pense aussi, mais cependant...

Elle s'interrompit. Elle ne pouvait décemment expliquer à cette femme qu'en la voyant vêtue comme elle l'était maintenant, son père risquait d'avoir une attaque. La grande préoccupation de Dominique était présentement de pouvoir rentrer chez elle sans se trouver nez à nez avec son père.

Il avait si souvent stigmatisé celles de ses paroissiennes qui s'habillaient de façon pour lui extravagante, que Dominique se voyait déjà traitée de pécheresse, de fille perdue.

— Non, madame, faites, je vous prie, un paquet de tout cela. Je l'emporterai avec moi dans la voiture.

— Les robes que vous avez choisies seront livrées ce soir même au presbytère, mademoiselle. Les autres, celles que vous avez commandées, suivront aussitôt qu'elles seront terminées, et vous recevrez le tout, je m'y engage, jeudi matin, avant votre départ pour Kandy. Le reste de votre trousseau sera directement expédié là-bas par la suite. Je réglerai tout cela avec lord Hawkston.

Quand Dominique sortit du salon, lord Hawkston était en train de rédiger le chèque. Il devait y en avoir pour une fortune et la jeune fille se sentait vraiment honteuse qu'on gaspillât pour elle de quoi nourrir plusieurs familles de pauvres gens pendant des mois.

Pourtant, en même temps, elle frémissait de joie en se voyant si belle, si élégante, et en pensant à cette garde-robe magnifique désormais la sienne, à toutes les jolies choses qu'elle allait recevoir, si nombreuses, si diverses qu'elle ne parvenait pas à s'en souvenir en détail, et qui lui appartiendraient. Elle en avait le vertige.

Lord Hawkston tendait le chèque à Mme Fernando. En voyant Dominique à ses côtés avec une expression suppliante, il sourit et s'inquiéta :

— Qu'y a-t-il, Dominique ?

— Je voudrais vous demander quelque chose. Vous refuserez peut-être... mais il faut que je vous le demande.

— Je vous écoute.

Elle l'attira un peu à l'écart pour n'être pas entendue de Mme Fernando :

— Vous m'avez tellement gâtée, tellement plus que je ne l'espérais, ou aurais jamais rêvé de l'être... Et pourtant, pardonnez-moi... Serait-il possible d'échanger l'une de mes robes contre quelques bonnets pour remplacer ceux de mes sœurs ? Nous portons ces bonnets noirs depuis la mort de maman et les pauvres devront encore les mettre durant des années ! Or, nous détestons le noir !

Ses yeux l'imploraient, et un petit sanglot s'étranglait dans sa gorge :

— Juste une robe ! Cela ne vous coûtera pas plus cher : avec le prix d'une robe, vous obtiendrez sûrement cinq bonnets.

Lord Hawkston lui pressa doucement la main et retourna auprès de Mme Fernando :

— Madame, j'ai autre chose à vous commander.

— Je vous en prie, milord.

— Il y a cinq autres demoiselles Radford. J'aimerais que vous fassiez confectionner cinq robes simples, pour le dimanche, comme celle que Mlle Dominique a sur elle. Une pour chacune de ses sœurs. Avec un bonnet assorti mais, pour que tout soit parfait, j'aimerais qu'il soit tenu compte de l'âge et de la personnalité de ces demoiselles. Vous pourriez envoyer quelqu'un de compétent au presbytère, peut-être cet après-midi, pour prendre les mesures de ces jeunes personnes et voir ce qui peut le mieux leur convenir ?

— Ce sera avec grand plaisir, milord !

En raccompagnant lord Hawkston et Dominique jusqu'à la porte de son magasin, Mme Fernando ne fit pas moins de trois saluts.

Dans la voiture qui s'éloignait, Dominique se tourna vers lord Hawkston :

— Je ne pense pas qu'il y ait au monde un homme plus merveilleux et plus généreux que vous ! Merci, milord ! Merci, de tout mon cœur !

— C'est à moi-même que j'ai fait plaisir, répondit-il.

Et en disant cela, il était sincère.

4

Les rizières et les marécages défilaient à toute allure. Dominique regardait le paysage avec le sentiment qu'elle continuait à rêver, comme si tout ce qui s'était passé depuis l'intervention de lord Hawkston était irréel.

Jusqu'à son départ, elle n'avait pu y croire. Quitter le presbytère, dire adieu à ses sœurs, cela lui semblait quelque chose d'impossible !

Ses sœurs elles-mêmes étaient tellement excitées par les robes et les bonnets qu'on leur avait livrés, qu'elles oubliaient que Dominique allait les quitter.

Quand elle leur avait annoncé, le jour même, qu'elles recevraient les vêtements dans la soirée, elles avaient cru qu'elle plaisantait. Puis, comprenant qu'une plaisanterie aussi cruelle n'était pas dans le caractère de Dominique, Foy, la première, s'était inquiétée :

— Papa ne nous laissera pas les mettre ! Qu'est-ce qu'il va dire, quand il verra ça ?

Charité avait pincé les lèvres, roulé des yeux furieux, en imitant la voix et le ton du vicaire :

— Une femme qui s'habille richement le fait surtout pour provoquer l'envie des autres femmes et attirer les regards des hommes. Aux yeux de Dieu, c'est une créature abominable !

Foy haussa les épaules, avec une résignation désespérée :

— Oui... Je suis sûre qu'il nous obligera à remettre nos vieilles robes et nos affreux bonnets.

— J'y ai pensé en route, interrompit Dominique. Quoique ce soit une action blâmable, savez-vous ce que vous allez faire ? Quand vos bonnets arriveront, jetez les vieux aux ordures. Ou, plutôt, brûlez-les !

De cinq bouches, la même exclamation horrifiée jaillit :

— Les brûler ?

— Vous savez comme moi que papa n'admettra jamais de gaspiller de l'argent pour l'achat de nouveaux bonnets quand les vôtres sont encore en bon état. Mais il ne pourra pas vous laisser aller à l'église tête nue.

Foy se jeta sur la poitrine de Dominique pour la serrer dans ses bras :

— Tu es un génie ! C'est ça qu'il faut faire, pas de doute !

Dominique hocha la tête, un peu honteuse :

— Ce n'est pas très honnête, mais enfin... Et vous allez voir les robes ! Je suis sûre qu'elles seront toutes aussi jolies que la mienne !

— C'est l'homme le plus merveilleux qu'il y ait sur terre ! s'exclama Foy enthousiaste.

— Faites bien attention de ne pas le remercier en présence de papa, avant d'avoir reçu les robes ! recommanda Dominique.

Quoique dévorées d'impatience, elles se souvinrent de cette misc en garde. Mais dès qu'elles furent seules avec lord Hawkston, leur gratitude explosa dans la plus folle exaltation :

— « Comment pouvez-vous être aussi gentil ? » — « C'est fantastique, on croit rêver ! » — « Ce jour restera le plus beau de notre vie ! »

— J'aimerais pouvoir rester pour voir comme vous serez belles, avait-il répondu, le regard brillant de malice.

Prudence, qui n'avait pas manifesté sa joie avec autant d'ardeur que ses sœurs, contemplait lord Hawkston avec un air alangui et penché. Enfin, elle alla vers lui et déclara :

— Je vous trouve vraiment très aimable. Quand je serai grande, je vous épouserai.

Il se retint de rire pour répondre dans un salut :

— J'en suis très honoré. C'est la première fois qu'une dame me demande en mariage.

— Alors, vous m'attendrez ?

Il la contemplait, attendri. En plus jeune, c'était la réplique de Dominique. Les mêmes cheveux blond cendré, les mêmes yeux verts, le même petit nez étroit.

— C'est promis ? Vous m'attendrez ? insistait-elle.

— Je vais vous faire une promesse : pour vos dix-huit ans, je donnerai un grand bal. Et là, vous rencontrerez des jeunes hommes beaux, charmants et les mieux nés de toutes mes relations.

Les yeux de la fillette brillèrent :

— Il faut que j'apprenne à danser, alors !

— Il faut surtout que tu manges bien, sinon tu n'auras jamais la force de danser toute une nuit. N'ai-je pas raison, milord ? demanda Dominique.

— Tout à fait raison.

— Alors, je mangerai bien désormais, répondit Prudence.

Dans le train qui roulait à travers les rizières, Dominique venait de revivre en pensée toute cette scène. Elle en gardait une gratitude émue pour lord Hawkston qui avait montré, en cette occasion, qu'il pouvait aussi comprendre la jeunesse.

Les marécages avaient disparu et maintenant, entre les rizières, s'élevaient des éminences de terrain que recouvrait la jungle. On aurait dit des îlots, dans une mer couleur d'émeraude qui n'était autre que l'immense étendue du riz en herbe. A d'autres endroits, où le riz n'était pas encore planté, des buffles paissaient, dans l'eau jusqu'aux jarrets.

A partir de Rambukana, la voie montait.

A un certain endroit, appelé « le Rocher sublime », le convoi côtoya un abîme entre deux montagnes. La vue était vraiment fantastique.

On roulait le long d'un premier précipice de deux cents mètres d'à-pic environ et qui se continuait, après une surface plane, par un second dénivellement brusque, plus profond encore, de trois cents mètres au moins.

La montagne était couverte de jeunes plants de thé poussant entre les souches de caféiers morts. Plus tard, le train s'en écartait pour traverser d'épaisses forêts.

Lord Hawkston et Dominique étaient assis face à face. Perdue dans ses pensées, la jeune fille contemplait le paysage.

Sa tenue de voyage, très élégante, s'accompagnait d'une jaquette, posée à côté sur le siège, et admirablement coupée.

Dominique avait eu tant de choses à régler au dernier moment, avant son départ, tant de recommandations à faire à Mallika, qu'elle n'avait pas eu le temps de penser à tout ce qu'elle laissait derrière elle.

Ce n'est que dans le silence de la nuit que la crainte s'empara d'elle à l'idée que Gerald Warren l'attendait. Partageait-il son appréhension quant à leur rencontre et à ce qui devait s'ensuivre ?

Pour se rassurer, elle se disait qu'il ressemblait à son oncle. Mais lui, il n'avait rien pour se faire une idée de cette fille totalement étrangère et qu'il était contraint d'épouser !

Elle savait que lord Hawkston lui avait écrit le lundi. Et, pour être certain qu'il recevrait sa lettre à temps, il avait envoyé un porteur pour la lui remettre et qui reviendrait à Colombo.

Dominique ignorait s'il avait donné l'ordre à cet

homme d'attendre une réponse et de la lui rapporter. Sans doute n'avait-il pas pris cette précaution, persuadé que son neveu lui obéirait sans discuter. Devant ces perspectives, Dominique éprouvait une sorte d'angoisse.

Le train, après quatre heures de trajet, siffla pour annoncer son arrivée en gare de Kandy où deux heures d'attente étaient prévues pour la correspondance. Un autre train, desservant la province du centre, devait les laisser à moins de dix kilomètres de la plantation.

Certain de lui être agréable, lord Hawkston proposa à Dominique d'employer ces deux heures à visiter la ville et à faire le tour du lac. On pouvait facilement louer une voiture...

La jeune fille avait toujours entendu dire que Kandy, dernière forteresse des souverains de Ceylan, était une très belle ville, avec son temple de la Dent sacrée, qui se reflétait dans un lac artificiel, mais elle n'aurait pu imaginer un décor d'une telle splendeur.

Où que se portât le regard, c'était une profusion de fleurs. Orchidées, jasmins, magnolias, asocas aux pétales orange et rouge, fleurs de « champee » au parfum délicieux et puissant.

Désignant ces dernières, Dominique demanda :

— Savez-vous que Krishna, le dieu de l'Amour des Hindous, piquait des fleurs de « champee » à l'extrémité de ses flèches ?

Lord Hawkston sourit :

— Cela rendait-il ses flèches plus efficaces ?

— Les brahmanes en sont convaincus. (S'armant d'audace, Dominique ajouta :) Avez-vous déjà été amoureux, milord ?

— Jamais suffisamment pour aliéner ma liberté.

— Ce qui signifie que vous ignorez encore ce qu'est vraiment l'amour. Je suis sûre que lorsqu'on aime il n'est pas de sacrifice que l'on ne soit prêt à consentir. Rien ne vous importe que votre amour.

— A mon avis, vous avez lu trop de romans sentimentaux, Dominique.

— Papa n'aurait pas toléré de trouver un roman entre nos mains, mais je suis convaincue... que l'amour, quand on l'a rencontré, est trop puissant pour qu'on puisse lui résister.

Tout en parlant, elle se rendait compte qu'il était inconvenant, et indiscret, de confier de telles choses à lord Hawkston, qui avait fait pression sur elle pour la persuader d'épouser son neveu sans amour, et sans la moindre amitié. Mais la beauté de ce qui l'entourait lui faisait irrésistiblement évoquer ce sentiment merveilleux sur lequel est fondée toute la création.

Comme s'il voulait écarter définitivement ce sujet, lord Hawkston évoqua pour elle la plus grande célébration historique de toute l'Asie, l'*Esala Perahera,* fantastique spectacle qui avait lieu depuis deux mille ans :

— Cela vous plaira beaucoup. Des éléphants caparaçonnés richement, des joueurs de tambour, des danseurs, des chefs de clan dans leurs costumes couverts de bijoux, des virtuoses du fouet qui réussissent avec leurs lanières des prouesses invraisemblables... tout cela compose un spectacle impressionnant, tel que je n'en ai jamais vu ailleurs.

— Au fait, je me suis souvent demandé comment, et pourquoi, Ceylan possédait la dent de Bouddha ?

Elle venait de voir des femmes, en saris éclatants, gravir les marches du temple, avec dans leurs mains des fleurs de « champee » qu'elles allaient déposer en offrande devant l'autel.

— D'après la légende, cette fameuse relique a été apportée ici par une princesse qui, pendant la guerre, s'était enfuie de l'Inde en volant, comme un oiseau.

Après avoir fourni cette explication, lord Hawkston ajouta en souriant :

— Je l'imagine assez avec des cheveux comme les vôtres, opulents et longs.

Dominique rougit :

— Comment savez-vous que... que mes cheveux sont ainsi ?

— Parce qu'il est évident que vous avez quelque peine à les discipliner.

— Peut-être serais-je plus présentable si je les coupais ? proposa-t-elle, gênée.

Il déclara, péremptoire :

— Absolument pas ! Une femme doit avoir des cheveux longs, c'est le plus bel attribut de sa féminité.

Elle se sentit rougir de nouveau, mais, en même temps, un frisson de plaisir flattait sa vanité.

Dominique avait tant de choses à apprendre, à voir... et tant de questions à poser que les deux heures passèrent vite. Ils eurent juste le temps de revenir à la gare avant le départ du train et se retrouvèrent face à face, roulant vers le nord.

Mais à mesure qu'on approchait du terme du voyage, elle se sentait devenir de plus en plus nerveuse et inquiète.

Elle savait que lord Hawkston la jugeait calme, raisonnable, douée de sang-froid. C'était pour ces qualités, qu'il lui supposait, qu'il l'avait choisie pour devenir sa nièce. Elle ne pouvait risquer de le décevoir en trahissant son agitation intérieure.

Tandis qu'elle s'efforçait de parler d'un ton désinvolte, lord Hawkston, de son côté, faisait tout son possible pour la mettre à l'aise et pour faire en sorte que les choses se présentent aussi simplement que possible.

— Dans ma lettre à Gerald, dit-il, je lui ai demandé de ne pas venir nous accueillir à Kandy. Avez-vous été déçue de ne pas l'y voir ?

— Non, pas du tout. Je savais que nous devions changer de train et qu'il restait deux heures de voyage.

— Alors, c'est parfait. Oui, j'ai pensé que pour une première entrevue, il vous serait difficile d'avoir tous les deux une conversation suivie, avec le bruit du train qui nous oblige à élever la voix. Vous ferez connaissance dans la maison même que j'ai construite de mes mains et dont je suis très fier.

— Cela a été très dur ?

— Oui, mais aucun travail ne m'a rendu aussi heureux. Au début, ma maison était beaucoup plus petite que l'actuelle et je dus modifier mes plans d'agrandissement au moment de la débâcle du café. Mais quand le thé commença à rapporter, je repris mes anciens projets. Je n'ai terminé les jardins et les décorations de la maison qu'un an avant de retourner en Angleterre, c'est-à-dire il y a trois ans maintenant.

Une fêlure dans sa voix trahissait son regret d'avoir dû quitter Ceylan sans avoir vraiment profité du résultat de tant d'efforts.

— Peut-être une femme trouvera-t-elle que j'ai négligé un tas de choses, oublié certaines commodités qui lui paraîtront indispensables. Mais, pour moi, ma maison est idéale et sa situation unique !

— Je suis sûre que je m'y plairai beaucoup.

Elle espérait aussi que son nouvel occupant lui plairait autant que la maison. Quant au jeune homme, si son cœur était brisé d'avoir été abandonné par sa fiancée, il ne pourrait que détester celle qui venait prendre sa place.

« Il faudra que je sois très gentille et très compréhensive », décida-t-elle.

C'était, d'ailleurs, dans sa nature d'être douce et compatissante.

Après la mort de sa mère, son père avait souvent insisté pour qu'elle l'accompagne, lorsqu'il allait visiter des familles dont Mme Radford s'était personnellement occupée.

Comme s'il avait deviné le cours de ses pensées, lord Hawkston demanda soudain :

— Quelle était votre tâche lorsque vous accompagniez votre père dans ses visites ?

— Papa se souciait avant tout de convertir les Cinghalais au christianisme. Maman disait toujours qu'il aurait dû être missionnaire. De nombreuses familles ont été baptisées par papa et il n'a jamais toléré qu'ils fussent infidèles à leurs engagements de chrétiens.

— Vous ne m'avez toujours pas dit quel était votre rôle !

— Je m'occupais des enfants pendant que papa essayait de catéchiser leurs parents, ou je soignais les malades. Je venais aussi en aide aux vieillards. Je crois que s'ils étaient si heureux de me voir, c'est qu'ils trouvaient enfin quelqu'un à qui parler.

— Je comprends cela, et c'est également mon opinion, approuva lord Hawkston en la considérant gravement.

Elle détourna la tête, un peu gênée, pour regarder à nouveau le paysage qui défilait. Sur la route longeant la voie marchait un prêtre bouddhiste dans une longue robe safran, emblème de sa vocation religieuse.

— Je ne parviens pas à comprendre, murmura-t-elle, pourquoi ce peuple peut accepter d'abandonner sa foi pour adopter le christianisme. La religion bouddhiste est si rassurante, apaisante, synonyme de bonheur !

— Vous l'avez un peu étudiée dans des livres ?

— J'ai également eu de longues conversations avec des bouddhistes.

— Peut-être l'avez-vous été vous-même dans une vie antérieure ?

Elle sourit :

— Vous croyez, vous aussi, comme eux, à la réincarnation ?

— J'admets simplement que c'est une possibilité.

Une lueur d'intérêt passa dans le regard de Dominique :

— On y trouve en tout cas la seule explication à toutes les souffrances et à tous le maux qui accablent le monde. Et les prêtres bouddhistes se vouent si complètement à leur religion, ils s'oublient tellement eux-mêmes, qu'on en est impressionné malgré soi. Ils n'exigent rien, ne s'opposent à personne, ne sont que calme, douceur et tolérance... Ils nous donnent un exemple de sagesse et de paix.

Cette déclaration fit impression sur lord Hawkston qui s'était déjà rendu compte, ces derniers jours, que Dominique était d'une intelligence très au-dessus de la moyenne. Mais en cet instant il se disait qu'elle l'était encore plus qu'il ne l'avait supposé, surtout pour une fille de son âge.

Au début il avait attribué sa sagesse et sa maturité à l'éducation particulière qu'elle avait reçue. Mais il y avait davantage en elle. Elle ignorait tout de la vie en société et des usages de ce que l'on appelle « le monde », pourtant elle parvenait, par sa seule volonté d'apprendre et de comprendre, à cerner les grands problèmes et à atteindre à des hauteurs auxquelles bien des femmes prétendument instruites et même cultivées n'atteignaient pas.

— Je vais vous annoncer une nouvelle qui vous fera plaisir, Dominique. J'ai écrit au libraire de Kandy pour le prier d'adresser à la plantation ceux des derniers livres parus qui ont quelque chance de vous intéresser.

Avant même qu'elle ait pu parler pour le remercier, il avait vu son visage resplendir de joie.

— Vous aurez tout le temps de lire pendant que Gerald sera aux champs, car, sachez-le : vous ne devrez en aucun cas accomplir vous-même des travaux ménagers.

— Mais pourquoi ?

— Parce que vous aurez suffisamment de domestiques qui s'en chargeront. Et s'ils vous voyaient faire leur travail, vous les offenseriez gravement. Cela signifierait qu'ils le font mal et que vous les considérez comme inaptes à accomplir leur tâche.

— Et si, effectivement, l'un d'eux le fait mal ?

— Vous devrez le lui dire et lui expliquer ce que vous exigez de lui très exactement. Mais en aucun cas laver, nettoyer, ou astiquer vous-même.

— Et la cuisine ?

— Mon cuisinier est remarquable. Si, par malheur, il était parti — ce que je considère comme très improbable —, alors vous pourrez donner toutes les indications que vous voudrez à celui qui le remplacera, mais ne vous mêlez pas de tenir la queue d'une casserole ou un manche de cuillère !

Elle soupira :

— Je vois que vous allez faire de moi une grande dame. Rien d'étonnant à ce que vous ayez commandé des livres pour occuper mes loisirs. Mais dites-moi quand même ce que j'ai le droit de faire, à part ça ?

— D'abord, vous pourrez faire du cheval. Quelque chose me dit que vous êtes une bonne cavalière. Je me trompe ?

— Bah ! J'avais un poney quand j'étais jeune, que je partageais avec Foy. Mais, quand il est mort, papa n'a pas eu les moyens de nous en acheter un autre.

— Alors je vous apprendrai à monter... à moins que Gerald ne tienne à le faire lui-même.

Lorsque le train, arrivé à destination, ralentit avant de s'arrêter, elle éprouva un malaise, une espèce de nausée dont elle n'aurait su dire si elle était due au trop bon repas qu'elle avait partagé à midi dans le compartiment avec lord Hawkston, ou à l'angoisse.

Une voiture les attendait. Sur le quai, lord Hawkston donna l'ordre à un porteur de descendre les bagages et de les y porter. Soudain, un homme s'approcha de lui.

— Ranjan ! Comme c'est gentil d'être venu ! s'exclama-t-il, la main tendue. (Puis, se tournant vers Dominique :) Je vous présente Ranjan, mon lieutenant, qui se charge de veiller sur mes affaires pendant mes absences. Ça me fait plaisir de vous revoir, Ranjan.

— Et moi aussi, je suis content de vous voir là, *durai*. Nous languissions de vous retrouver.

— Tout va bien ?

— Non, *durai*. Nous avons beaucoup d'ennuis.

— J'ai su que tout ne marchait pas pour le mieux, mais rassurez-vous, je vais régler ça.

— Ce qui vient d'arriver ne peut pas être réglé, repartit Ranjan d'une voix étranglée.

Discrètement, Dominique s'éloigna de quelques pas, mais elle les entendait quand même.

— Qu'est-il arrivé ?

— Sêêtha, la fille que *sinna durai* avait renvoyée... Elle est morte. On a trouvé son corps au bas du torrent. Ce matin...

Dominique vit lord Hawkston se raidir.

Immobile, il faisait face, dans le soleil, à son second dont le sarong mettait une tache de couleurs éclatantes sur le mur blanc de la gare.

Dans un souffle, lord Hawkston demanda :

— Elle s'est suicidée ?

— Oui, *durai*. Et Lakshman, son père, a juré de la venger.

— Il faut que je le voie. Trouve-le immédiatement. Dis-lui que je le dédommagerai largement, et plus encore, pour ce qu'il a souffert.

— J'essaierai, *durai*. Mais il est devenu fou. Il est trop tard pour le dédommager en argent.

— Il faut essayer, Ranjan, faire l'impossible pour le convaincre. Dis-lui que je viens juste d'arriver. Explique-lui que je suis bouleversé par ce qui s'est passé et que je lui demande de venir me voir immédiatement.

— Je le ferai, *durai*, répondit Ranjan.

Mais, à son tour, Dominique comprit qu'il n'avait aucun espoir de réussir.

— Je te verrai plus tard, conclut lord Hawkston. (Puis, se tournant vers Dominique, il lui lança sur un tout autre ton, presque gai :) Venez, Dominique. Il ne faut pas rester au soleil sans vous protéger. Ouvrez votre ombrelle.

Elle obéit, ouvrit son ombrelle, et la tint au-dessus de sa tête.

Une partie des bagages avait été portée dans la voiture ; les autres furent entassés par Ranjan dans un curieux petit véhicule que Dominique supposa être utilisé d'ordinaire pour le transport des légumes, ou du bambou, à travers la plantation.

Leur voiture démarra à vive allure mais ralentit bientôt, car, peu après la gare, le chemin montait en pente raide.

Comme lord Hawkston restait silencieux, Dominique demanda, un peu nerveuse :

— Qui était... Sêêtha ?

— Vous avez entendu mon contremaître ?

— Je n'ai pas pu l'éviter.

— Il aurait dû parler plus bas !

— Vous avez supposé qu'elle s'était suicidée. Pourquoi ?

Elle comprit que sa question était inopportune, mais, en même temps, son instinct l'avertissait que cela avait de l'importance pour elle, et la concernait indirectement.

Après un long silence, lord Hawkston se résigna à répondre :

— Il y a assez longtemps que vous vivez à Ceylan, puisque vous y êtes née : vous pouvez donc comprendre combien la vie solitaire d'un planteur peut être pénible. Il ne voit guère que ses coolies. C'est d'ailleurs pourquoi je désirais tant trouver une femme pour mon neveu.

— Sêêtha était cinghalaise ?

— Son nom l'indique assez. Elle devait avoir l'esprit dérangé pour se baigner dans le torrent. A un moment, il fait une chute verticale, d'une trentaine de mètres, sur un lit de rochers et, si elle est tombée sur une pierre, elle a pu être assommée et emportée vers la chute, où elle s'est noyée.

Dominique ne se laissa pas détourner de la question :

— Mais avait-elle une raison de se suicider ?

N'obtenant pas de réponse, elle attendit quelques secondes avant de suggérer :

— Est-ce que... cela aurait quelque chose à voir avec... le fait que M. Warren l'avait renvoyée ? C'est lui que votre contremaître appelle *sinna durai*, n'est-ce pas ?

Lord Hawkston fut sur le point de mentir mais, avec une fille aussi intelligente que Dominique, c'était inutile. C'eût été d'ailleurs lui faire injure.

Bien sûr Ranjan n'aurait pas dû annoncer le drame à portée d'oreilles de Dominique, mais il ignorait que cette jeune fille, qui accompagnait lord Hawkston, était dans l'esprit de ce dernier la future femme de Gerald.

En réalité, et lord Hawkston en était conscient, Ranjan était lui-même tellement bouleversé par ce qui était arrivé qu'il ne lui était pas venu à l'idée de se montrer discret devant une étrangère.

Pesant avec soin chacun de ses mots, il se décida enfin à expliquer :

— On trouve toujours des femmes, Dominique, qui sont prêtes à remplacer, auprès des jeunes planteurs, la compagne qui leur manque, et dont ils éprouvent, dans leur solitude, un besoin physique... impérieux.

Quoiqu'elle n'ait pas fait un geste, il eut l'impression que Dominique avait tressailli. Sans doute s'était-elle peu ou prou attendue à une telle explication. Selon lui, la pruderie de la jeune fille lui interdirait d'insister. Aussi ressentit-il un choc lorsqu'elle supposa, franchement :

— Ce qui signifie que Sêêtha était la maîtresse de votre neveu ? Qu'ils s'aimaient ?

— Pas du tout, pas du tout... L'amour tel que nous l'entendons, vous et moi, n'a rien à voir là-dedans. Je vous ai parlé d'un besoin physique. Quand une femme est prête à le satisfaire, eh bien, cela se règle par un arrangement amical, comme une affaire.

Après un instant de réflexion, la jeune fille remarqua, pensivement :

— Oui, je suppose que c'est là une de ces tentations contre lesquelles mon père prêche avec tant de ferveur. Il a essayé de faire interdire la maison close de Colombo où les planteurs trouvaient des femmes... Selon lui, ce « commerce » encourage le vice.

— Votre père, me semble-t-il, a des vues un peu trop étroites en la matière. Après tout, jusqu'à la mort de votre mère il était marié, il a eu six filles, il n'a donc connu ni la solitude ni les tentations qu'elle entraîne et qui, laissez-moi vous le dire franchement, sont reconnues et admises par la majorité des gens dans cette partie du monde.

— Mais cette jeune fille s'est suicidée... Est-ce parce que votre neveu l'avait chassée ?

— Laissez-moi vous dire tout de suite que cela n'a aucun rapport avec votre venue ici. Ni avec la lettre où j'annonçais à mon neveu que je lui avais trouvé une femme. Gerald avait déjà rompu avec Sêêtha avant même mon arrivée à Colombo.

Il pensait que cette mise au point arrangerait les choses. Pourtant Dominique restait pâle et il nota dans ses yeux verts une expression qu'il ne lui connaissait pas.

Qu'elle fût choquée par cet événement était prévisible, mais il avait espéré que, si elle avait la certitude de n'être pour rien dans ce drame, elle n'en serait pas traumatisée.

Il laissa passer un moment, puis dit doucement :

— Il faut que vous me promettiez quelque chose, Dominique.

— Oui ?

— Vous et moi sommes devenus de bons amis, n'est-ce pas ? Et je me plais à croire que vous faites confiance à mon jugement. M'écouterez-vous si je vous demande d'oublier ce que vous avez entendu et de chasser de votre esprit toutes les pensées qui en résultent ? Laissez-moi arranger les choses selon ce que je considère comme devant être la meilleure solution.

Elle eut une hésitation :

— Je veux bien... essayer.

— Vous n'avez entendu qu'une partie de l'histoire. Moi, dès mon arrivée à Colombo, j'ai su que nous avions des ennuis avec cette fille. Mais j'attends maintenant de connaître la version de Gerald. Je pense que vous jugerez équitable d'écouter ses explications avant de faire porter sur lui tout le blâme pour ce qui n'est, peut-être, qu'un malheureux accident.

Elle eut un petit hochement de tête, mais ne dit rien.

— Comme vous vous en doutez, reprit-il, les coolies de ma plantation, qui n'ont pas grand-chose pour nourrir leur imagination, montent en épingle le moindre incident. Il faut qu'ils dramatisent tout pour pouvoir en parler pendant des heures. Je suis à peu près certain que, quand je saurai le fin mot de l'affaire, tout sera différent de ce que nous supposons maintenant.

Il aurait bien voulu être au fond de lui-même aussi confiant qu'il voulait le paraître.

Il savait par James Taylor que Gerald avait multiplié les bévues, mais apparemment les choses avaient encore empiré depuis leur entrevue à Colombo.

« Le diable emporte ce jeune imbécile ! » pensa-t-il avec colère.

Tout le voisinage devait faire des gorges chaudes de ce qui était arrivé.

Et, ce qui était bien pis, les ouvriers de la plantation devaient être en effervescence. Cela, il ne le lui pardonnerait jamais.

Lui-même avait la réputation d'un maître exigeant, mais juste ! Il payait ses hommes généreusement. Et, bien que leur travail soit dur, ses coolies le respectaient et s'étaient toujours montrés loyaux envers lui.

A sa souvenance, jamais aucun ne s'était trouvé indignement traité et personne ne l'avait quitté pour aller chercher un emploi meilleur ailleurs.

Qu'avait bien pu faire Gerald pendant ces deux dernières années ? Comment s'était-il débrouillé pour décourager la bonne volonté et la confiance d'un homme aussi consciencieux que Ranjan ?

Le seul fait positif dans tout cela, c'était que ni Sêêtha ni son père n'étaient employés à la plantation.

C'eût été la pire des erreurs. Et il ne pouvait que remercier le ciel que Gerald n'eût pas commis la faute impardonnable de se compromettre dans une vilaine histoire avec l'une de ses ouvrières.

Si Lakshman, le père de Sêêtha, ne venait pas le voir, lord Hawkston était décidé à aller le trouver. L'homme vivait dans un petit village de la montagne, pas très éloigné de la plantation.

« Ce doit être tout simplement une question d'argent », se dit-il, avec l'espoir de s'en sortir facilement.

Les Cinghalais sont des gens aimables et pacifiques, mais lord Hawkston craignait que Lakshman ne soit devenu fou de chagrin et de colère.

Il avait pour l'instant deux problèmes à résoudre : rencontrer Lakshman et délivrer Dominique de son anxiété.

Lord Hawkston ne manquait pas de sensibilité. Il comprenait très bien que, pour une jeune fille ayant le caractère et la personnalité de Dominique, ce devait être un rude choc d'apprendre que l'homme qu'elle allait épouser, non seulement avait vécu avec une maîtresse pendant deux ans, mais encore avait poussé cette malheureuse au suicide.

En voyant Ranjan à la gare, il aurait dû se méfier, deviner qu'il s'agissait de Gerald et s'éloigner de Dominique.

Mais, sur le moment, il avait cru que Ranjan voulait l'entretenir d'un problème urgent concernant la récolte. Depuis le désastre du café, c'était chez lui une idée fixe : et s'il était arrivé quelque chose, en son absence, à ses plants de thé !

Il s'arracha avec effort à ses pensées pour dire, d'un ton qu'il crut normal, léger... et qui ne l'était pas du tout :

— Après le dernier tournant, vous apercevrez ma maison.

La route n'avait pas cessé de monter et l'air, quoique encore chaud, était léger et doux.

En abordant le tournant, lord Hawkston ordonna :

— Fermez les yeux !

Dominique obéit et l'entendit donner l'ordre de stopper. Quand la voiture fut complètement immobile, il dit :

— Regardez, maintenant.

Au-dessous d'eux s'étendait une vallée profonde entourée de collines derrière lesquelles se dressaient de hautes montagnes aux pics verdoyants. Juste en face, une cascade se précipitait dans un lac qui lui-même se déversait, une trentaine de mètres plus bas, dans un torrent d'argent et d'écume.

Aveuglée par le soleil, Dominique distingua cependant une maison blanche, longue et basse, à un étage, avec des vérandas ouvertes.

Le jardin qui l'entourait formait une mosaïque de couleurs, un embrasement, une traînée lumineuse, éclatante, de jaunes, d'ors, de blancs rosés, de pourpres et même de bleus dont l'un formait comme un immense tapis d'où s'élançaient des fleurs à hautes tiges.

Au-dessous de la maison, surgissant de la vallée, à l'extrémité du jardin, les plants de thé, cultivés en terrasses, offraient le vert luxuriant et sombre de leurs feuilles serrées, comme un immense escalier qui monterait vers un temple.

Dominique retint son souffle devant une telle splendeur. Sachant que lord Hawkston attendait sa réaction, elle dit :

— Maintenant, je sais pourquoi Adam et Eve ont choisi de se réfugier à Ceylan.

— Vous pensez que c'était comme un nouvel éden ?

— Le premier ne pouvait pas être plus exquis, plus divinement beau !

Elle savait que ses paroles comptaient moins pour lord Hawkston que son évidente sincérité.

— C'est ce que j'ai pensé moi-même quand, pour a première fois, j'ai découvert cette vallée.

la vue était si merveilleuse et si inattendue que Dominique ne pouvait en détacher ses regards.

— Et ma maison, elle vous plaît ?

— Elle est adorable... vraiment adorable !

— Vous pensez vraiment ce que vous dites ?

— J'ai l'impression de me trouver soudain dans un décor de conte de fées. Je suis sûre que ce lac est enchanté.

— Il faudra que vous appreniez à nager.

— Il y a longtemps que j'en ai envie, mais papa ne voulait pas que nous allions à la mer. Selon lui, c'est indécent de se baigner en public. Et même dans la solitude : on ne se dévêt que dans sa chambre.

— Personne ne pourra vous voir ici, surtout si vous vous baignez pendant les heures de travail.

— Oh ! mais... je le ferai !

La jeune fille regardait le torrent au-dessous du lac

et il comprit qu'elle pensait à Sêêtha, qui avait mis fin à ses jours en s'y précipitant.

Sa bouche se crispa : quoi qu'il puisse dire, de quelque façon qu'il s'y prenne pour tenter d'effacer ce souvenir, la tragédie de Sêêtha projetterait toujours son ombre sur l'arrivée de Dominique à la plantation.

Il ordonna au cocher de repartir et l'attelage descendit à vive allure la pente de la colline.

Cette route aussi, lord Hawkston l'avait construite lui-même et il pensait que c'était une tâche dont il avait lieu d'être très fier.

Au fur et à mesure que l'on s'approchait de la maison, Dominique s'adossait de plus en plus aux coussins comme si elle avait pu retarder l'instant de se lever.

Lord Hawkston remarqua cette crispation de tout son corps.

— Ne soyez pas nerveuse, dit-il en souriant. Il y a tant de choses intéressantes et j'en ai tant moi-même à vous montrer ! Je suis certain que vous vous plairez ici.

Elle fixa sur lui un regard angoissé.

— Tout ira bien, promit-il. Faites-moi confiance, comme je vous l'ai demandé.

— J'essaierai, répondit-elle.

Lord Hawkston attendit que Dominique soit allée se coucher pour avoir avec son neveu l'entretien qui s'imposait.

Gerald était arrivé dans le hall pour les accueillir à l'instant même où l'attelage s'arrêtait devant la porte, et il avait attendu qu'ils en descendent, les traits figés dans un sourire forcé. Lord Hawkston avait alors reçu un choc sévère, le second de la journée.

En deux ans, Gerald avait changé physiquement au point d'être méconnaissable. Il avait dû prendre vingt kilos ! Son visage était rougeaud et boursouflé. Et avant même d'avoir perçu les relents d'alcool de son haleine, son oncle avait deviné les raisons de ce changement.

Quand il l'avait quitté, Gerald était mince, alerte, et doué d'un certain charme qui le rendait aimable aux yeux de femmes comme Emily Ludgrove.

La vie qu'il menait à Ceylan avait détruit en lui toute élégance et l'avait transformé au point que lord Hawkston avait du mal à reconnaître en lui son neveu.

Bien que celui-ci eût essayé, c'était visible, de s'habiller correctement et de se rendre aussi présentable que possible, il était évident qu'il avait bu en les attendant.

Visiblement nerveux au moment de saluer son oncle et Dominique, il s'était peu à peu détendu, à mesure que le temps s'écoulait et qu'il ingurgitait du whisky, verre après verre.

Tantôt il riait d'un rire gras, vulgaire, tantôt il se plaignait des difficultés de sa tâche et de l'ennui mortel qu'il éprouvait dans son isolement.

Lord Hawkston était conscient d'avoir exigé de son neveu un sérieux effort, mais si c'était tout ce qu'il était capable de faire, le résultat s'avérait plutôt décevant.

Du moins Dominique, qui ne l'avait pas connu auparavant, ne pourrait, par conséquent, noter le changement survenu et peut-être le trouverait-elle, parce qu'il était jeune — à peu près de son âge —, assez séduisant.

Quant à lord Hawkston, il sentait monter en son cœur, au fil des heures, une colère sourde à l'idée que ce garçon, jeune et vigoureux, avait si lamentablement failli à sa tâche sans se rendre compte de la chance qui lui avait été offerte de sortir de sa médiocrité.

« C'est ma faute, se disait-il, je n'aurais jamais dû l'amener ici. »

Mais de reconnaître sa responsabilité dans cette affaire ne le rendait pas moins furieux.

Il s'efforça, durant le dîner, de rendre la conversation intéressante en espérant que Dominique, pour lui donner la réplique, ne regarderait pas trop souvent du côté de Gerald qui vidait verre sur verre.

Et puis, la jeune fille était fatiguée. Dès qu'ils eurent bu le café dans le salon dont les larges baies ouvraient sur la vallée, elle se leva :

— Je vous prie de m'excuser, milord, mais je crois que je vais me retirer. Cette journée a été longue et fatigante.

— J'en conviens. Bonne nuit, Dominique. Reposez-vous bien.

— Oh ! je suis sûre que je vais bien dormir ! Bonne nuit à vous aussi, milord. Bonne nuit, monsieur Warren.

Elle fit une petite révérence aux deux hommes et quitta la pièce.

Lord Hawkston avait été contrarié, dès son arrivée, en constatant que Gerald avait condamné tout le premier étage pour ne laisser ouvertes que les chambres du rez-de-chaussée.

— Pourquoi as-tu fait ça ?

Une note d'insolence dans le ton, Gerald avait répliqué :

— Parce que je n'ai pas les moyens d'entretenir une armée de domestiques. Je m'arrange pour en avoir moins et pour qu'ils aient du travail. Quand vous étiez là, ils restaient assis à ne rien faire. Ça me paraît inutile, non ?

En présence de Dominique, lord Hawkston avait retenu les reproches qui montaient à ses lèvres.

Il savait pertinemment qu'avec la somme considérable qu'il lui avait laissée avant de partir pour l'Angleterre, Gerald pouvait conserver toute la domesticité qu'il employait lui-même.

Mais James Taylor le lui avait laissé entendre :

cet argent avait été dilapidé en alcool et en parties fines.

Cependant, ne voulant pas provoquer de scène devant Dominique, il avait attendu d'être seul avec son neveu pour aborder ces questions.

Il le fit d'une voix tranquille, calme, mais avec des mots cinglants comme des coups de fouet :

— J'ai appris la mort de Sêêtha. Comment as-tu pu être assez bête... assez idiot pour la renvoyer sans l'indemniser ? N'importe qui aux environs aurait pu te dire que c'est la coutume, une espèce de loi, et que cette fille y avait droit.

— J'ai très bien compris la somme qu'elle attendait de moi, mais je n'avais pas les moyens de la lui accorder. Vous ne comprenez donc pas ? Je n'ai pas d'argent !

— Tu aurais pu au moins t'engager à la lui verser dès mon retour. Ou t'adresser à la banque, qui te l'aurait prêtée.

— J'ai déjà une dette envers la banque.

— De combien ?

— Mille livres. Et ils ne veulent plus « casquer ».

L'expression de lord Hawkston était incrédule :

— Tu as dépensé non seulement tout ce que je t'avais laissé, mais encore mille livres ?

— Et encore ! J'ai quelques dettes, répliqua l'autre avec défi.

Lord Hawkston se leva brusquement et arpenta la pièce pour essayer de se calmer.

— Je me rends compte maintenant que tu es trop veule et trop bête pour faire ce travail. J'ai eu confiance en toi, j'ai cru que tu avais les qualités requises pour me suppléer. Je me suis trompé !

— Je veux rentrer en Angleterre.

— Et quand tu y seras, que comptes-tu faire ? Vivre aux crochets de ta mère ? Elle n'est pas riche, tu le sais, et tu aurais tôt fait de la dépouiller du peu qu'elle possède.

— Mais, au moins, je vivrais parmi des gens civilisés.

— Ecoute-moi bien, Gerald. Je ne te permettrai pas de te conduire en enfant gâté qui court retrouver sa maman simplement parce qu'il a gâché la chance qui lui avait été offerte.

La voix de lord Hawkston se faisait de plus en plus dure, de plus en plus méprisante :

— Il est triste qu'Emily Ludgrove ait changé d'avis et refusé de t'épouser, mais je crois, malheureusement, que c'était de toute façon inévitable. Car si tu étais venu au-devant d'elle à Colombo, comme prévu, elle aurait été tellement rebutée par ton aspect qu'elle aurait rompu, même sans avoir un autre fiancé sous la main.

— Pfff ! De toute façon, je n'ai jamais cru qu'elle m'épouserait sachant qu'il lui faudrait vivre dans ce trou perdu.

— Eh bien, c'est pourtant dans ce trou que tu vas continuer de vivre, toi ! Je t'ai amené une femme qui veillera sur ton confort, sur ta santé, et qui, je l'espère, remettra tout en ordre. Pour ma part, je vais remettre la plantation en état et, quand je retournerai en Angleterre, tu t'en occuperas jusqu'à ce que je trouve quelqu'un qui soit vraiment capable de me remplacer. C'est clair ?

— Quelle alternative proposez-vous à ce beau programme ?

— Oh ! elle est simple : si tu veux rentrer en Angleterre, tu devras gagner le prix de ton voyage. Tu ne recevras plus de moi un centime, et sitôt à Londres je ferai en sorte que tu n'obtiennes rien de ce qui appartient à ta mère.

Il y eut un silence, puis soudain, Gerald éclata de rire. C'était un rire cinglant, sarcastique :

— Eh bien, vous avez soigneusement ficelé tout ça, n'est-ce pas, oncle Malcolm ? Me voilà enchaîné et sans moyens de m'évader. Très bien, j'épouserai la femme que vous m'avez choisie. C'est une charmante petite chose et grâce à elle cette maison ressemblera un peu moins à un caveau de famille. J'espère que, dans ce cas, vous nous donnerez de quoi vivre ?

— Je paierai tes dettes. Et je te donnerai assez d'argent pour que tu puisses être considéré, à Ceylan du moins, comme un homme riche... si tu ne le bois pas. D'ailleurs, si j'apprends que tu bois, je te couperai les vivres.

— Je pourrai boire un peu, tout de même ?

— Absolument pas ! Tu vas me signer un engagement.

Gerald prit un ton conciliant, presque gentil et amusé :

— Non, sans blague, mon oncle...

— C'est à prendre ou à laisser, Gerald. Je n'en démordrai pas.

Gerald, après un silence, eut un geste rageur :

— Bon, c'est entendu. Donnez-moi ce papier, que je le signe.

— Il n'est pas prêt, j'ignorais moi-même que nous en arriverions à cette extrémité. Tu le signeras demain.

Le regard de Gerald eut un éclair de haine, tandis que d'un geste vengeur il s'emparait de la bouteille de whisky :

— Bravo ! En attendant demain, j'ai encore le droit de me soûler. Croyez, cher oncle, que je suis très sensible à votre générosité. Sans doute espérez-vous que je me confonde en remerciements et en marques de gratitude ? Avec la plus parfaite humilité ?

Puis, sur cette phrase sarcastique, il partit d'un air digne en emportant la bouteille.

Sa sortie eût été plus réussie si, en passant la porte, il ne s'était cogné dans le chambranle !

5

Dominique, les yeux grands ouverts, revivait par la pensée les événements du jour.

Bien que très lasse lorsqu'elle s'était couchée, elle n'avait pu trouver le sommeil.

Gerald Warren lui avait fait une impression très pénible et, sans se l'avouer clairement à elle-même, dans le fond de son cœur elle savait qu'elle ne pourrait jamais l'épouser.

Mais comment expliquer cela à lord Hawkston ?

Elle avait cru que Gerald ressemblait à son oncle et elle s'était répété sans cesse la description que celui-ci lui en avait faite : « Un grand et beau garçon. »

Ainsi en voyant cet homme bouffi, aux paupières gonflées, au teint rouge, qui les attendait dans le hall, elle n'avait pas imaginé une seconde qu'il s'agissait de Gerald. Celui qu'elle s'était engagée à épouser sans le connaître.

Et puis elle avait remarqué la quantité incroyable d'alcool qu'il avait ingurgitée pendant le dîner, et au cours de la soirée.

A son avis les vitupérations de son père contre l'alcool était l'une de ses obsessions puritaines et il était tout à fait normal que des hommes comme lord Hawkston boivent du vin à leur repas.

Mais Gerald avait une haleine d'ivrogne et sa main droite, lorsqu'il tendait son verre au valet, tremblait comme celle d'un vieillard. Il buvait, c'était évident, et sans doute ce vice était-il responsable de son aspect si peu ragoûtant.

S'ajoutant à cela, il y avait la mort de Sêêtha, à laquelle Dominique ne pouvait s'empêcher de penser. Elle aimait les femmes cinghalaises pour leur gentillesse, leur caractère aimable et doux, leur dévouement, et la tendresse confiante qu'elles montraient en général pour leurs maîtres.

Elle comptait beaucoup d'amies parmi les paroissiennes de son père, qui venaient lui confier leurs problèmes et dont elle était devenue la conseillère intime.

Elle n'imaginait que trop bien Sêêtha impressionnée par Gerald, par sa position et par cette maison si luxueuse dans laquelle elle n'aurait jamais cru pouvoir habiter un jour.

Peut-être même l'avait-elle aimé de tout son cœur, bien que lord Hawkston prétende qu'en ces sortes d'unions il n'y a pas d'amour.

Dominique avait une grande expérience des gens du uuple et connaissait leur mentalité. Un paysan cinghalais, vivant dans la montagne, est un homme très pauvre, mais un « monsieur », cependant nanti d'une philosophie de la vie qui ne le prépare pas à vivre dans l'opulence. Car il préfère être pauvre et son propre maître que riche et devoir subir l'exigeante domination d'un étranger.

Si la faim le pousse à travailler, il le fait, et honnêtement, courageusement, de son mieux, car il est actif et intelligent. Mais s'il peut conserver son indépendance, il la préfère à tout, même au prix de sacrifices.

Dominique, à Colombo, s'entretenait souvent avec des femmes de montagnards qui avaient suivi leurs maris dans leur exil vers la ville. Ces Cinghalais n'avaient jamais accepté vraiment la conquête et l'exploitation de leurs terres, grandioses et sauvages, par des agriculteurs avides de profits.

Ils essayaient autant que possible de se tenir à l'écart des plantations de caféiers et de théiers, et il fallait qu'ils fussent vraiment poussés par la nécessité pour accepter d'y travailler de façon régulière.

C'est la raison pour laquelle les planteurs avaient, dès le début, fait appel à une main-d'œuvre importée : ils employaient des Tamils, dont la plupart venaient de la côte de Coromandel, région de l'Inde méridionale.

Ce sont ces Tamils qui ont défriché la jungle et construit les terrasses, d'abord pour la culture du café et ensuite pour celle du thé, quand le grand désastre avait ruiné les plantations de caféiers.

Ce sont des gens courtois, de caractère gai, faciles à vivre. Et Dominique se demandait ce qui avait pu pousser Sêêtha à en finir avec la vie.

Est-ce de désespoir, après que Gerald l'eut renvoyée ? N'avait-elle pas trouvé auprès des siens l'affectueuse compassion qui l'eût consolée ? Comment son père qui, paraît-il, tenait beaucoup à elle, ne l'avait-il pas empêchée de se suicider ?

Autant de questions qui obsédaient Dominique, mais dont elle savait qu'elle n'aurait pas la réponse, car c'était un sujet que ni lord Hawkston ni Gerald Warren n'aborderaient avec elle.

Une légère clarté, à travers les rideaux, annonça l'aube. Et Dominique sut que, décidément, elle ne dormirait pas.

Elle alla se pencher à la fenêtre pour admirer le paysage qu'elle avait vu de la route, la veille.

Il y avait deux fenêtres dans sa chambre située à l'extrémité du bâtiment : l'une avait vue sur la vallée, l'autre sur le jardin et le lac.

Au creux de la vallée stagnaient encore des brumes matinales, mais une lueur éclairait l'horizon, derrière les montagnes, et les étoiles qui la veille au soir scintillaient comme des diamants pâlissaient.

Dominique regarda par l'autre fenêtre. Un rayon

d'or se reflétait déjà dans la cascade qui dévalait au flanc de la colline pour s'abîmer dans le lac. On entendait le fracas du torrent qui, de ce lac, se précipitait d'un bond dans la vallée noyée de brume, trente mètres en contrebas.

C'était d'une indicible beauté à laquelle les fleurs, dans le jardin, ajoutaient leur magnificence.

Le jour arrivait vite et déjà Dominique discernait dans cette profusion de couleurs les boules-de-neige, les géraniums, les campanules, que séparaient magnolias et lauriers-roses.

La lumière devenant de plus en plus vive, d'autres détails surgirent, moins réjouissants. De toute évidence le jardin, si soigneusement conçu et réalisé par lord Hawkston, avait été laissé depuis des mois pratiquement à l'abandon. Déjà des volubilis sauvages et autres plantes parasites s'accrochaient et s'enroulaient aux tiges des fleurs nobles, tandis que l'herbe poussait entre les plantes.

Dominique comprit combien ce devait être pénible et décevant d'avoir créé un tel décor floral, de l'avoir méticuleusement entretenu pendant des années, pour le retrouver dans cet état.

Sans y faire allusion, elle avait bien remarqué la veille combien lord Hawkston était déçu. Seule sa bonne éducation l'avait certainement empêché de régler ces questions avec son neveu devant elle.

Pour sa part, elle avait ressenti une affreuse désillusion à la vue de Gerald. Mais qu'était-ce à côté de ce qu'avait dû éprouver lord Hawkston en trouvant sa maison désorganisée, ses domestiques renvoyés, son jardin abandonné ?

« Il a montré vraiment un sang-froid remarquable », pensa-t-elle tout en se demandant si, après son départ, il avait laissé exploser l'amertume dont, elle en était certaine, son cœur débordait.

« Il est amoureux de sa maison et de tout ce qu'elle contient », se disait encore Dominique quand soudain elle l'aperçut, comme si de penser intensément à lui l'avait fait surgir.

Il était à cheval, venant sans doute des communs, et longeait la rive la plus éloignée du lac, où le torrent était dominé par un petit pont.

Il portait une chemise à col ouvert dont les manches étaient roulées au-dessus du coude. Nu-tête, en culotte d'équitation, il paraissait jeune, mince, athlétique... très différent de son neveu.

Sans doute n'avait-il pas dormi, lui non plus, et avait-il fini par se lever, préférant chevaucher dans la fraîcheur de l'aube plutôt que de ruminer de sombres pensées dans son lit. Allait-il jeter un coup d'œil sur la plantation ? Ou était-il à la recherche de Lakshman ?

Au souvenir du drame, Dominique frissonna. C'était atroce d'imaginer ce que cette pauvre fille avait dû souffrir avant de se jeter dans le torrent, demandant la mort à cette eau tourbillonnante.

Pour fuir ces pensées morbides, elle s'empara de sa robe de chambre, la passa par-dessus sa chemise de nuit et en noua la ceinture.

La veille au soir, déconcertée et déçue par Gerald, mal à l'aise, elle n'avait pas pensé à regarder vraiment la maison. Mais ce matin, elle se rendait compte que tout y était d'un goût raffiné.

Elle revoyait confusément, dans son souvenir, des meubles d'ébène, et d'autres en « satiné des Indes », ces arbres magnifiques qui sont l'orgueil de l'île.

Dans sa chambre, sous ses yeux, il y avait deux coffres délicatement ouvragés, l'un en bois de rose, l'autre en bois de violette. La pièce elle-même était ravissante et portait un nom de fleur, comme toutes les chambres de la maison.

Au cours de la soirée, lord Hawkston avait demandé à son neveu :

— Où doit coucher Dominique ?

— J'ai demandé qu'on lui prépare *Lotus blanc*

et vous, vous avez celle qui se trouve à côté : *Lotus rouge*, je crois.

Il avait dit cela avec emphase, pour bien montrer qu'il jugeait ces appellations ridicules. Mais Dominique comprenait...

Le lotus géant, qu'il soit blanc ou rouge, est d'une telle splendeur qu'elle justifie le respect que les peuples d'Orient ont pour cette fleur, qu'ils considèrent comme un attribut de la divinité.

Un botaniste avait expliqué à Dominique que les Hindous croient que son existence fut antérieure à la Création elle-même et que c'est de sa perfection que découle la création de toute chose.

L'homme lui en avait montré un. C'était une immense coupe, d'un rose soutenu, posée sur un plateau de larges feuilles vertes.

— J'ai vu de grands lacs dans la plaine, avait-il ajouté, qu'aucun homme n'a jamais profanés de sa présence. Ils étaient couverts de lotus géants, blancs et rouges. Pour les croyants, c'est la fleur de Bouddha.

Quand il avait baptisé les chambres, lord Hawkston savait cela, Dominique en était persuadée.

Le tapis, sur le sol, était du vert profond des feuilles, et le pied du lit, peint en blanc et légèrement ombré de rose, s'incurvait délicatement comme un pétale.

Les murs eux aussi étaient blancs, et teintés d'un rose dégradé juste sous le plafond. Les rideaux, tissés à la main par des artisans de l'île, offraient, sur un fond blanc, des dessins de lotus pris dans la trame.

Et l'unique tableau, accroché à un mur, représentait Bouddha entouré de lotus en boutons à peine entrouverts.

C'était une œuvre d'art d'une extrême délicatesse. En la contemplant Dominique sentait vibrer en elle une émotion semblable à celle qu'elle éprouvait en écoutant de la musique.

Troublée, elle préféra s'arracher à sa contemplation car les larmes lui montaient aux yeux, et elle retourna à la fenêtre, cherchant du regard lord Hawkston à cheval.

Mais il n'y avait personne, et seuls les rayons du soleil faisaient éclater le lac et la cascade, et semblaient donner aux fleurs du jardin un chaud frémissement de vie.

— C'est curieux, murmura-t-elle, on a l'impression de les voir pousser et respirer.

Elle restait en contemplation devant le jardin et la vallée, sans se soucier du temps. Elle pensa, soudain, qu'il devait être tard et qu'elle ferait bien de s'habiller.

Une salle de bains jouxtait sa chambre. Elle fit sa toilette, puis choisit une des robes de mousseline de soie appelées par Mme Fernando « les petites tenues du matin ».

Aux yeux de Dominique elles étaient beaucoup plus que cela, mais elle devait s'habituer à de nouveaux critères en ce domaine. Et, pour être tout à son avantage, elle se fit une coiffure nouvelle, elle aussi, laissant une vague souple sur ses joues, puis rassemblant la masse de ses cheveux en une épaisse natte qu'elle épingla sur le dessus de sa tête, dégageant complètement la nuque et son long cou flexible.

C'était une façon pratique de discipliner une chevelure aussi opulente. En même temps, cette coiffure la grandissait, et lui allait bien.

Elle en avait presque terminé, lorsqu'on heurta à la porte.

Une servante parut, portant un plateau sur lequel étaient posés une théière, une tasse et un pot de lait.

— Bonjour, *nona*, dit-elle, employant le mot portugais qui signifie « Madame ».

— Bonjour.

— Vous êtes matinale. Je vous ai apporté le thé, mais le petit déjeuner est servi sur la véranda.

— Alors, j'y prendrai mon thé.

Elle fit signe à la servante de la précéder et celle-ci la conduisit jusqu'à la véranda qui dépendait de la salle à manger. Le petit déjeuner attendait sur une table, recouvert d'un fin linge blanc.

Ni lord Hawkston ni Gerald n'étaient là et Dominique se demanda si elle devait les attendre.

Ce fut la servante qui prit l'initiative. Elle versa du thé dans une tasse et déposa devant Dominique une tranche de papaye, sur une assiette.

Elle n'avait pris que trois bouchées de fruit lorsque Gerald apparut, au coin de la maison, du côté du lac. Il venait de nager et, nu jusqu'à la ceinture, n'était vêtu que d'un short.

Dominique rougit.

Elle n'avait encore jamais vu d'homme blanc à demi nu, et Gerald quant à lui était loin d'être séduisant.

Ses cheveux blonds, mouillés, pendaient sur son front ; son corps adipeux, velu, au ventre proéminent, était non pas bronzé mais rougi par le soleil.

Dans une main il tenait une grande serviette de toilette blanche et Dominique se demandait si oui ou non il allait se décider à s'en couvrir.

Quand il ne fut qu'à quelques pas d'elle, il lança :

— Bonjour, Dominique. Vous êtes matinale ! Je pensais que vous vous sentiriez fatiguée, aujourd'hui.

Elle se leva, un peu nerveuse :

— J'ai l'habitude de me lever tôt.

— Asseyez-vous, continuez... Je vais me mettre quelque chose sur le dos et je vous rejoins.

Il était entré dans la maison par l'une des baies ouvertes. Dominique reprit sa place.

Elle avait remarqué ses yeux injectés de sang, ses paupières rouges, et son visage paraissait encore plus bouffi que la veille ; mais elle ne savait qu'en conclure.

Elle but son thé à petites gorgées ; mais elle n'avait plus faim.

Il revint quelques minutes plus tard, enveloppé dans un peignoir de bain en tissu-éponge qu'il avait bien croisé à la taille, mais le haut de sa poitrine restait nu. Bien qu'il se fût donné un coup de peigne, Dominique ne le trouva pas plus agréable à regarder qu'auparavant.

Qu'aurait dit son père en la voyant attablée en compagnie d'un homme vêtu d'un peignoir de bain ? Et pourtant il était dans une tenue décente. Et sans doute ne fallait-il pas exiger, de gens qui vivaient dans ces contrées, qu'ils renoncent à se sentir libres et à l'aise.

Debout derrière Gerald, la servante se pencha un peu sur son épaule :

— Du café, *sinna durai* ?

Il hésita avant de demander :

— Où est l'épouvantail ? (Surprise, Dominique le regarda. Il expliqua dans un sourire :) C'est ainsi que je vois mon oncle. Mais, si vous préférez, bon... disons : où est le patron ?

— Il était à cheval, il y a un instant.

Elle trouvait de très mauvais goût de la part de Gerald de s'exprimer ainsi devant une domestique.

— Dans ce cas, dit-il, donne-moi un whisky. Mais vite, hein ?

Dominique était stupéfaite. Il ne lui serait jamais venu à l'esprit que l'on pût boire du whisky au petit déjeuner.

Gerald s'en rendit compte :

— Autant que j'en profite pendant que je le peux encore. Savez-vous ce que Son Honneur a exigé de moi, hier soir ?

Elle eut une petite crispation d'anxiété :

— Comment voulez-vous ?... Non, je n'en ai pas la moindre idée.

— Que je m'engage par écrit à ne plus boire... du

tout ! Je vous le dis tout de suite, il se fait des idées. Quoi que je signe, ça ne comptera pas !

— Vous voulez dire que... vous avez l'intention de mentir ?

— Ah ! non, ne commencez pas, vous aussi ! Des sermons, j'en ai par-dessus la tête. J'en ai assez entendu, merci !

Un gobelet de whisky fut déposé sur la table, devant lui. Il en but la moitié d'un seul coup et exhala un soupir de satisfaction des plus vulgaires :

— Ah ! ça va mieux... Maintenant il me sera plus facile d'avoir avec vous un petit entretien.

Elle le regarda avec appréhension. Pour sa part, elle estimait inopportun de s'expliquer en présence des domestiques qui, debout, attendaient.

Mais Gerald les considérait sans doute comme de simples meubles et les ignorait superbement. D'un geste dégoûté, il écarta la tranche de papaye qu'on lui présentait et fixa d'un œil torve l'assiettée d'œufs au bacon qu'on posait sur la nappe.

— Si nous devons vivre ensemble, vous et moi, dans ce caveau de famille, mieux vaut que nous y prenions des plaisirs communs, ou chacun de notre côté. Si mon oncle n'est pas trop rapiat, et qu'il nous donne vraiment de quoi vivre, vous verrez qu'on peut bien s'amuser à Kandy. Bien sûr, ce n'est pas Colombo, vous vous en doutez, mais, l'année dernière, on y a ouvert un club très acceptable, où l'on rencontre des gens fréquentables.

Timidement, Dominique objecta :

— Mais... je suppose que vous avez beaucoup de travail, à la plantation ?

— Oh ! le travail, quand je peux l'éviter, je m'en passe très bien. Le travail, évidemment, je vais montrer pour lui un très grand intérêt... jusqu'à ce que mon oncle soit reparti pour l'Angleterre. Je ne pense pas qu'il s'attarde ici après qu'il nous aura mariés. Du moins, je l'espère !

Dominique tenait ses mains crispées sur ses genoux.

Ce n'étaient pas tant les paroles de Gerald qui la heurtaient que le ton sur lequel il les prononçait. Il y avait dans sa voix une sorte de rage concentrée, de défi sarcastique, qui laissait à penser qu'il haïssait son oncle. Comme il haïssait cette belle demeure et son adorable vallée.

Elle essayait de comprendre ce qu'il avait voulu dire en parlant de « plaisirs communs » mais, instinctivement, elle savait que cela lui donnerait la nausée.

Comprenant qu'il lui fallait dire quelque chose à son tour, elle demanda :

— On doit donner des concerts, à Kandy ? Est-ce qu'il y a un groupe qui s'intéresse à la musique ?

— Je n'en sais rien. Je ne pense pas. A moins que vous ne parliez de musique de danse ? Il y a bal tous les samedis soirs, et bien que les gars soient un peu rustres, les filles s'y amusent beaucoup.

Dominique toussota. Elle ne savait vraiment plus que dire et se sentait la tête vide.

Gerald s'était fait servir un second gobelet de whisky. Il le vida ; puis il claqua des doigts et le valet le lui emplit de nouveau. Tout en le buvant, il regardait fixement Dominique dans les yeux. Elle sentit le défi.

Il reposa le gobelet vide sans quitter Dominique du regard.

— Il me semble qu'il faudra que je vous apprenne des tas de choses. Mais vous apprendrez... vous apprendrez vite. Les femmes sont des élèves douées, en la matière. Je suis sûr que nous nous amuserons bien... vous et moi.

La façon dont il la regardait, les intonations de sa voix provoquaient en Dominique une sorte d'horreur froide et paralysante. C'était comme si un cobra se dressait tout à coup devant elle.

Elle se sentait contractée, les nerfs comme noués.

Elle avait envie de partir et, en même temps, elle craignait de se lever. Un pas se fit entendre dans la véranda. Enfin lord Hawkston parut !

Le soulagement qu'elle en ressentit la laissa soudain toute molle et détendue. Gerald avait tendu son verre au domestique qui escamota prestement les objets du délit : gobelet et bouteille...

Cette complicité parut lamentablement dégradante à Dominique. Quelle autorité Gerald pouvait-il avoir, s'il trompait le maître de la maison avec ceux qui avaient mission de le servir ?

Si lord Hawkston surprit le manège, il n'en laissa rien paraître.

Dominique remarqua qu'il s'était changé et qu'il avait mis une cravate. Il ne portait pas de veste sur sa chemise, mais les manches en étaient rabattues et les poignets fermés par des boutons de manchette en or.

— Bonjour, Dominique, dit-il de sa voix calme, qui acheva de rendre à la jeune fille son équilibre. Bonjour, Gerald. J'ai vu que tu étais allé nager, ce matin.

— Bien sûr ! C'est excellent pour conserver une silhouette élancée.

— A mon avis, tu tirerais encore plus de profit d'un autre genre d'exercice : tu devrais sortir les chevaux. Je les ai trouvés nerveux, mal soignés, visiblement trop souvent confinés à l'écurie.

Gerald ne répliqua pas. Il avait l'air excédé.

Tout en buvant le thé qu'on venait de lui verser, lord Hawkston s'adressa à Dominique :

— J'éprouve toujours une étrange satisfaction, difficile à décrire, lorsque je bois mon thé... je veux dire mon propre thé, celui que je cultive, et que je peux voir de ma véranda.

— Je comprends parfaitement cela. Et que le fait que vous puissiez boire votre propre thé ait pour vous plus d'importance que tout au monde.

— C'est évidemment sur lui qu'est fondé tout ce

qui fait mon existence. Il constitue la fondation de l'édifice... Avez-vous bien dormi, Dominique ?

Elle aurait voulu lui cacher la vérité, mais elle ignorait le mensonge.

Elle s'excusa :

— J'avais tellement de choses en tête... Et puis, naturellement, j'étais un peu surexcitée de me trouver ici. (Puis aussitôt, elle ajouta :) Le jardin surtout est adorable ! Je n'ai jamais vu tant de fleurs à la fois et aussi belles.

Lord Hawkston soupira et répondit, après avoir lancé à son neveu un regard lourd :

— Il était adorable, mais en ce moment... Gerald, puis-je te demander ce que sont devenus les jardiniers que j'avais formés avec tant de soin ?

— Je ne pouvais pas les payer ! Et puis, entre nous, qui se soucie d'avoir un jardin ?

— Moi, entre autres ! fit sèchement lord Hawkston.

Dominique intervint vivement :

— J'ai vu qu'il y avait beaucoup de fleurs originaires d'autres pays, que vous aviez sans doute fait venir et acclimatées. Mais, peut-être parce que j'ai toujours vécu à Ceylan, ce sont celles d'ici que je préfère.

— Les orchidées et les magnolias, sourit lord Hawkston.

— Et, naturellement, les lotus !

— Il y en a, ou tout au moins il y en avait... dans une pièce d'eau que j'ai creusée de l'autre côté de la maison. Je vous la montrerai, mais j'ai peur qu'il n'y en ait plus et que vous ne soyez déçue.

— Si, ils y sont ! Je les vois de ma fenêtre. C'est ravissant !

— Ah ! oui, vous occupez *Lotus blanc*. J'ai eu beaucoup de chance de trouver des hommes capables de sculpter le bois selon mes désirs. Je vous montrerai les chambres qui sont à l'étage. *La Palmeraie*, qui reproduit des arequiers, est, je le crois, unique au monde.

— Oh ! que j'aimerais la voir !

— Je crois que la première chose à faire, c'est de visiter la plantation.

Il se tourna vers son neveu.

— Je voudrais que tu me montres, Gerald, le travail qui a été fait et les innovations, éventuellement, qui ont été réalisées pendant ces deux dernières années.

— Si déjà vous retrouvez les choses dans l'état où vous les avez laissées... répondit Gerald.

— Je l'espère ! Si tu veux bien aller t'habiller, je vais faire seller des chevaux. Dominique peut nous accompagner. Elle sait monter, et je pense que le cheval que j'avais ce matin ne sera pas trop fringant pour elle, maintenant que je l'ai contraint à un peu d'exercice.

Dominique protesta timidement :

— Je ne voudrais pas être un embarras...

— Je ne vois pas en quoi. Allez vous mettre en tenue. Vous en avez une légère, que nous avions commandée à Mme Fernando, c'est le moment ou jamais de l'essayer.

Dominique le remercia d'un sourire et se précipita vers sa chambre. Elle avait craint un moment que lord Hawkston ne la laissât seule. Mais maintenant qu'il lui avait proposé de l'emmener, son cœur chantait d'allégresse à la pensée de voir cette plantation qui représentait toute sa vie.

Elle ne mit que quelques minutes à échanger sa robe contre une amazone de toile rose ornée d'un galon blanc.

Un chapeau de paille l'accompagnait et Dominique fut très fière d'être prête avant Gerald. Satisfaite, aussi, d'avoir l'occasion de se trouver seule dans le hall avec lord Hawkston.

Celui-ci, quand il la vit, lui demanda :

— J'espère que vous n'aurez pas peur. Je vous affirme que le cheval que j'ai monté ce matin est très sûr.

— Je souhaite ne pas avoir oublié les règles essentielles de l'équitation. Il y a cinq ans que je ne suis pas montée à cheval.

— On n'oublie pas ces choses-là, affirma lord Hawkston, rassurant.

Tout en parlant, ils étaient sortis de la maison pour aller jusqu'aux chevaux qui les attendaient.

Lord Hawkston aida Dominique à se mettre en selle.

Lorsqu'elle sentit ses mains enserrer sa taille, elle éprouva un trouble bizarre, qu'elle ne s'expliqua pas. Puis elle rassembla ses rênes, et se tint bien droite, les épaules en arrière.

Il lui sourit pour l'encourager :

— On voit que vous n'avez pas oublié.

— J'espère ne pas me montrer au-dessous de tout.

— Cela ne peut vous arriver en aucune circonstance, Dominique.

Elle le regardait de haut, car il était encore pied à terre, à côté d'elle, tête levée.

Elle vit, pour la première fois peut-être, qu'il avait des yeux d'un bleu intense. Peut-être lui paraissaient-ils si lumineux parce que son teint s'était légèrement hâlé ?

Sans s'en rendre compte, elle prolongeait cet examen, et ce fut lui qui détourna son regard :

— Pensez-vous que vos étriers sont à la bonne hauteur ?

Elle mit quelques secondes à comprendre le sens de la question.

Revenue aux réalités, elle répondit vivement :

— Oui, oui... c'est parfait ainsi.

Lord Hawkston se mit en selle.

— Alors, partons. Gerald nous rattrapera.

— Il sait où nous allons ?

— Il doit s'en douter.

Ils prirent le chemin qui descendait vers la vallée, au flanc de la colline.

Lord Hawkston gardait le pas et les chevaux allaient paisiblement.

Dominique sentait sa confiance en elle lui revenir, mais un anglo-arabe adulte, c'était autre chose que le poney qu'elle avait monté dans son enfance.

Lord Hawkston s'adressa à elle.

— La cueillette du thé peut se faire six jours sur sept toute l'année, expliqua-t-il, à l'exception des deux ou trois journées qui marquent les grandes fêtes de l'Inde.

Ils entendirent de loin les coolies occupés à la récolte. Chaque femme portait sur le dos une sorte de couffin de bambou, suspendu par une courroie qui passait sur son front.

Elles portaient des corsages aux couleurs vives, gaies, et sur la tête, comme un turban, pour maintenir cette courroie et protéger leur front, un foulard plié et noué.

Plus de cent femmes en vert, rouge, or ou blanc cru, dans un champ de thé, cela faisait un tableau pittoresque.

Ce qui la fascina bientôt ce fut leur habileté et leur célérité : elles arrachaient d'une main les feuilles de thé — toujours par deux — et les réunissaient en bouquet dans leur autre main. Quand celle-ci était pleine, elles lançaient leur poignée de feuilles pardessus leur épaule en un geste vif, automatique, et sans cesser de cueillir.

Il y avait aussi des hommes, mais lord Hawkston prévint la question qu'allait lui poser Dominique, surprise de les voir inactifs :

— Il n'y a que les femmes qui cueillent. Les hommes sont là pour surveiller leur travail.

Tous semblaient heureux. Et la joie que manifestèrent la plupart des coolies en voyant lord Hawkston était indubitablement sincère.

Leurs voix vibraient en lui parlant, leurs regards brillaient. On aurait dit des enfants retrouvant leur père et Dominique se sentit émue.

Ce fut très différent un peu plus tard, lorsque Gerald arriva au trot de sa monture.

Il avait très chaud, son visage ruisselait de sueur.

Avec une ostentation qui parut à Dominique destinée à impressionner son oncle, il sauta de cheval et alla vérifier le travail des cueilleuses. Il en réprimanda quelques-unes et s'adressa en général à ces braves gens sur un tel ton que la jeune fille crispa rageusement les mains sur ses rênes.

Personne ne lui répondait ; on continuait à travailler comme s'il n'était pas là. Mais Dominique était sûre que ses façons hautaines et arrogantes, sa manière d'aboyer ses ordres et toute son attitude de seigneur médiéval étaient ressenties par les ouvriers comme une humiliation.

Quand lord Hawkston décida qu'il était l'heure de rentrer, il parut à la jeune fille que le temps s'était écoulé à une vitesse incroyable.

Gerald, sur le chemin du retour, se lança dans une laborieuse explication et avança des arguments confus pour démontrer qu'il était normal qu'au cours des deux dernières années la production de thé ait considérablement baissé.

Il accusa les coolies, les surveillants, le mauvais temps, la qualité des plants de thé eux-mêmes ; mais tout cela n'était que mauvais prétextes destinés à masquer sa propre incompétence.

Lord Hawkston l'écoutait sans rien dire, mais elle le sentait très déçu. Et tourmenté à la pensée que cette plantation, qu'il avait laissée en pleine prospérité, avait périclité au lieu de répondre à ses espoirs et accuserait certainement un déficit cette année, alors qu'il en avait espéré un substantiel profit.

Au bout d'un moment, constatant que son oncle ne faisait aucun commentaire à ses discours, Gerald se tut. Dominique en éprouva un réel soulagement, car elle put admirer tranquillement la beauté environnante.

Elle était éblouie par la splendeur de la jungle encore épargnée par la culture. Elle n'avait pas imaginé que ce pût être aussi beau.

On y voyait une infinie variété de bambous aux plumes frissonnantes avec, en bas, dans la vallée, une véritable forêt de fougères arborescentes.

Presque partout le sol était recouvert du même gazon bleu remarqué dans le jardin, et composé d'une multitude de petites fleurs serrées les unes contre les autres, sans parler des camélias, des magnolias et des myrtes.

Elle arrêta sa monture pour admirer un camélia particulièrement fleuri et lord Hawkston, lui aussi, tira sur ses rênes :

— C'est beau, n'est-ce pas ? Vous savez, à mon avis, le thé lui-même est un cousin du camélia.

— Ah ! je l'ignorais. Mais maintenant que vous me le dites, je me rends compte qu'en effet il y a une certaine ressemblance.

Lorsqu'ils arrivèrent devant la maison, lord Hawkston, en l'aidant à mettre pied à terre, s'excusa :

— Vous devez penser que j'ai un peu hâté notre retour. Ne m'en veuillez pas, mais les hommes, ici, prennent leur petit déjeuner à l'aube, et il est d'usage de déjeuner très exactement à midi.

— Quelle que soit l'heure, sachez que j'ai faim !

Quoi d'étonnant à cela, puisque ce matin elle avait été incapable d'avaler la moindre bouchée en compagnie de Gerald. Elle avait d'ailleurs été sotte et exagérément conventionnelle. Gerald était le neveu de lord Hawkston et elle devait faire l'effort de le comprendre :

« Il est peut-être perturbé, comme je le suis moi-même, par les relations un peu particulières que sont les nôtres. On a décidé de nous marier mais... il n'y est pour rien, moi non plus... ce n'est pas très agréable, tout ça. »

En raisonnant ainsi, elle cherchait à se rassurer, à se montrer sage, mais elle savait bien qu'au fond elle continuait à trembler à l'idée d'avoir pour futur mari cet alcoolique. Sans doute éprouvait-il pour elle la même indifférence, pour ne pas dire plus...

Après le repas, lord Hawkston insista pour qu'elle aille se reposer :

— C'est toujours une erreur d'en faire trop le premier jour. L'altitude, bien qu'on n'en ressente pas durablement les effets, affecte, au début, l'équilibre des gens habitués à vivre au niveau de la mer. Gerald et moi devons faire cet après-midi une longue randonnée à cheval à laquelle vous ne pouvez pas participer. Ce serait trop fatigant.

Malgré sa déception, elle dut convenir qu'il avait raison. Lorsqu'elle s'étendit sur son lit, c'était avec l'intention de se plonger dans la lecture d'un des ouvrages qu'elle avait trouvés dans sa chambre... mais à peine allongée, elle s'endormit.

Quand elle s'éveilla, elle constata qu'il était déjà... 6 heures du soir !

Lorsque la servante qu'elle avait appelée lui confirma l'heure, elle s'écria :

— Vous auriez dû me réveiller !

— *Durai* m'a recommandé de vous laisser dormir, *nona*. Vous voulez un bain ?

— Oui, merci.

Quand elle sortit du bain, il était 7 heures. Il ne lui restait plus qu'à s'habiller pour le dîner. Elle choisit une robe jaune pâle, couleur de seringa, avec un corsage qui moulait étroitement le buste et se terminait en pointe, devant et derrière. Les manches courtes et bouffantes étaient de tulle jaune dont un drapé ornait la jupe. La robe était un peu trop décolletée pour un simple dîner en famille, mais Dominique pensa que lord Hawkston serait satisfait de la voir élégante.

Un peu intimidée, elle se rendit au salon.

C'était une très belle pièce toute en longueur, riche d'œuvres réalisées par des sculpteurs locaux et dont l'ensemble constituait un véritable trésor que Dominique se promettait d'admirer en détail.

A son grand désappointement, lord Hawkston n'était pas là, mais Gerald semblait l'attendre.

Il tenait un verre de whisky à la main et sursauta à son entrée en tournant vers elle un regard inquiet : il avait cru que c'était son oncle.

— Ah ! c'est vous, Dominique !... Vous êtes prête de bonne heure. Moi, je ne me suis pas encore changé pour le dîner.

Elle traversa la pièce pour le rejoindre et demanda :

— Vous êtes satisfait de votre randonnée ?

— Pas tellement. J'ai eu l'impression d'être un gosse qui a oublié de faire ses devoirs ou qui les a mal faits.

Pour la première fois, il lui inspira une sympathie presque attendrie.

— Son Honneur était vraiment courroucé ?

— Oh ! pfff ! Je suis en pleine disgrâce... Vous le savez. Mais ne nous frappons pas pour ça. On peut faire bien d'autres choses, tous les deux, que de s'habiller de sac et de se couvrir la tête de cendres, comme le roi David !

Il posa son verre et proposa, d'une façon inattendue :

— Par exemple, vous pourriez commencer par m'embrasser ? Puisque nous devons nous marier, Dominique. Jusqu'à maintenant on n'a pas eu le temps de faire connaissance. Non ?

Il entoura la taille de Dominique et l'attira rudement contre lui.

Prise de panique, la jeune fille se dégagea vivement et lui échappa :

— Non ! Non !

Elle avait presque crié.

— Pourquoi pas ? Quel jeu avez-vous l'intention de mener, Dominique ? Après tout, c'est vous qui êtes venue, pour m'épouser !

Elle haletait un peu :

— Oui, je sais... Mais c'est... il est encore trop tôt. Nous sommes... enfin, nous nous connaissons à peine. Nous... nous n'avons même pas encore eu le temps de parler.

— Cela, je n'y suis pour rien. Mais maintenant que je peux vous regarder tout à mon aise, je dois dire que je vous trouve très mignonne. De plus, vous avez une peau bien blanche. Ça me change !

Il l'enlaça de nouveau et lui baisa l'épaule, avant qu'elle ait pu prévoir son geste. Ce fut en sentant ses lèvres sur sa peau nue qu'elle comprit le sens de ses paroles :

« Cela me change ! »

Cela le changeait de Sêêtha, la malheureuse qu'il avait poussée au suicide !

En même temps que tout son être se révoltait à cette pensée, elle sentait sa bouche humide et chaude sur sa chair.

De nouveau, crispant les mâchoires pour ne pas crier, elle répéta d'une voix rauque :

— Non ! Non !

A cet instant la porte s'ouvrit et lord Hawkston entra, habillé pour le dîner. Il avait vu ce qui se passait, mais il vint vers eux calmement et déclara d'une voix très naturelle :

— Tu seras en retard, Gerald, si tu ne vas pas te changer tout de suite.

Quand les bras du jeune homme la lâchèrent, Dominique crut qu'elle allait tomber. Ses jambes ne la portaient plus.

Une chaise était à sa portée. Elle étendit la main et s'appuya au dossier.

Gerald gagna la porte en affirmant :

— Je n'en ai pas pour longtemps.

Accrochée à la chaise, Dominique attendait que le calme fût revenu en elle et que son cœur cessât de battre à grands coups sourds.

Elle tournait le dos à lord Hawkston et redoutait de devoir lui faire face.

Elle lui savait gré, cependant, d'être là. Sa présence lui procurait un soulagement indicible. Il était arrivé à temps pour empêcher Gerald d'aller plus loin. Mais sa pudeur, sa dignité étaient blessées. Qu'il eût vu cet homme le visage contre son épaule, appuyant ses lèvres sur sa chair nue, lui causait une gêne presque douloureuse.

Que pensait-il ? Imaginait-il, un instant, qu'elle avait permis cette familiarité, ce manque de respect ?

Oui. Certainement. Après tout, c'était normal. Il devait s'y attendre et ne jugeait pas l'attitude de son neveu avec autant de sévérité qu'elle-même. Elle était venue pour épouser ce garçon ! Peut-être même était-il enchanté de constater qu'ils étaient d'accord, que Gerald ne lui déplaisait pas.

Pourtant, ce n'était pas le cas. Elle croyait sentir encore sur sa peau la bouche humide, à ses narines l'odeur persistante d'une haleine qui lui avait donné la nausée, autour de sa taille la pression ardente, presque brutale, avec laquelle il avait maintenu son corps contre le sien et qui lui avait donné envie de hurler de révolte et de dégoût.

« Je ne pourrai jamais ! se répétait-elle. Il faut que je le dise à lord Hawkston. Je ne pourrai pas ! J'ai promis d'appartenir à Gerald, mais il me répugne. C'est impossible. Je dois le lui expliquer, il comprendra... »

Sans se retourner, elle devina qu'il se dirigeait vers la fenêtre.

De la même voix impassible, il demanda :

— Avez-vous vu ce coucher de soleil, Dominique ?

Cette question arrêta sur les lèvres de Dominique les mots qu'elle s'apprêtait à dire, l'aveu qu'elle allait faire : savoir, que tout son être se révoltait à l'idée d'épouser Gerald, qu'elle ne supporterait plus jamais qu'il la touche. Elle ne pouvait rester à la plantation et voulait repartir immédiatement pour Colombo.

Son élan intérieur, interrompu quelques secondes par la nécessité de répondre, la laissa sans force. Et une autre pensée surgit en son esprit qui acheva de briser définitivement cet élan. Elle ne pouvait commettre une telle malhonnêteté, ce serait un abus de confiance, une escroquerie. Lord Hawkston avait déjà trop fait pour elle, elle lui devait trop de choses pour se dérober maintenant.

Il lui avait acheté un trousseau qui valait une fortune, des robes et des bonnets pour ses sœurs, s'était montré plein d'attentions et de gentillesse pendant le voyage, et maintenant il faisait tout ce qui était en son pouvoir pour qu'elle se sentît parfaitement chez elle et à l'aise dans sa maison.

« Et pour tout remerciement, je lui offrirais mon ingratitude ? Comment parviendrais-je à lui faire comprendre qu'après avoir tout accepté de lui, je veux maintenant reprendre ma parole, et tout remettre en question, comme si je ne lui devais rien ? »

La faiblesse qui s'était emparée d'elle se dissipait peu à peu. Elle se sentait de nouveau maîtresse de ses nerfs, mais gardait au creux de l'épaule comme une empreinte infamante, le souvenir d'un contact ressenti comme une souillure.

Elle pensa qu'il lui fallait être courageuse et chasser l'incident de son souvenir.

Que pouvait-elle faire d'autre ? Elle appartenait à lord Hawkston, et s'était remise entre ses mains de son plein gré ! La dette contractée envers lui, elle devait la payer, sans aucun espoir d'y échapper.

« Même si je travaillais pendant un siècle, je ne pourrais jamais rembourser ce que je lui dois. »

Il lui fallut faire appel à toutes ses forces, physiques et morales, pour s'arracher à son immobilité, rejoindre lord Hawkston à la fenêtre, et rester là, debout, à son côté.

— C'est vraiment magnifique, reconnut-elle d'une voix blanche.

— Je vous avoue que c'est l'heure du jour que je préfère. Lorsque je vivais ici tout seul, j'avais l'habitude de rentrer, aussi souvent que possible, pour assister à ce spectacle : le coucher du soleil, suivi de la naissance des étoiles. C'est plus beau et plus émouvant qu'aucune œuvre humaine, plus beau et émouvant que la pièce de théâtre la plus géniale et la mieux jouée. Et les bruits qui naissent de la nuit dans ce pays sont une musique plus prenante que n'importe quel air d'opéra.

Dominique comprit qu'il essayait de la rassurer, de l'apaiser. Elle en avait la certitude : il était en train de lui dire qu'elle ne devait pas céder à la panique, que tout irait bien si elle savait se montrer raisonnable, que la vie était belle quand on savait en jouir, fût-ce égoïstement.

Mais avait-il raison ?

Pourrait-elle un jour supporter la présence de Gerald à ses côtés, ne pas trembler de dégoût à son contact, lui rendre ses baisers ?

Elle étendit le bras pour s'appuyer à l'un des piliers de la véranda, et s'aperçut que son bras tremblait.

« Non ! Il faut que je lui dise la vérité ! »

Mais en même temps elle savait que c'était impossible.

6

La soirée fut pénible. Une fois de plus, lord Hawkston fut seul à soutenir la conversation. Dominique et Gerald ne répondaient à ses questions que par monosyllabes.

Dominique essaya bien de faire un effort, mais elle y renonça vite, n'ayant le cœur ni à sourire ni à plaisanter. Et il lui suffisait de lever les yeux sur Gerald pour sentir son être se contracter, jusqu'à l'angoisse.

Lord Hawkston, cependant, ne semblait pas avoir conscience du malaise qui régnait à table et qu'il était le seul à parler. Il feignit aussi ne pas s'être aperçu que Gerald, entre l'instant où il était allé s'habiller et celui où il était revenu au salon, avait dû ingurgiter une forte dose de whisky.

Durant le repas il ne but, avec ostentation, que du jus de citron allongé d'eau, dont une carafe avait été préparée pour Dominique. Mais à l'issue du repas, lorsqu'il disparut pour quelques minutes, elle aurait pu jurer qu'il était allé satisfaire son vice, l'alcool étant devenu pour lui un besoin impératif.

Le café fut servi sur la véranda. Le ciel s'était assombri entre-temps et les étoiles s'allumaient une à une.

Un reflet rougeâtre incendiait encore la vallée et Dominique savait qu'en bas, au fond, la brume étendait son voile léger sur les champs de thé.

On entendait le bruit du torrent et les cris des oiseaux nocturnes, dominés par la stridence des appels des « renards volants », petites chauves-souris qui, lorsqu'on allumait les lumières dans les maisons, y voletaient, comme le font les papillons. Bientôt, le séjour sur la véranda fut intenable et lord Hawkston donna le signal du repli en direction du salon.

Dès qu'ils y furent installés, il expliqua à Dominique comment il avait meublé sa maison en se fournissant dans différentes contrées de l'île. Le transport n'en avait pas toujours été facile. L'une des plus belles pièces avait même été amenée jusque chez lui à dos d'éléphant

Tout en l'écoutant, Dominique se rendait compte que Gerald n'était présent qu'en apparence. Affalé dans un fauteuil, l'air abruti, il était visiblement préoccupé par un seul problème : quand allait-il pouvoir s'esquiver pour aller boire un verre sans que son oncle s'en aperçoive ?

Il était à peine 10 heures lorsque la jeune fille décida d'aller se coucher. Après avoir souhaité le bonsoir aux deux hommes et leur avoir fait sa révérence, elle gagna sa chambre, soulagée d'être enfin seule.

En même temps elle regrettait de n'avoir pu continuer à écouter lord Hawkston, et s'entretenir avec lui. Mais la présence, même muette, de Gerald, était trop pesante.

Elle se déshabilla, se prépara pour la nuit, puis, ayant éteint la lumière, elle tira les rideaux et ouvrit toute grande la fenêtre qui donnait sur le lac.

Le jardin était tranquille, paisible. Sous la clarté du ciel étoilé l'eau du lac luisait doucement et le parfum des fleurs envahissait la pièce.

« Que c'est beau ! se dit-elle, incroyablement beau ! Quand on peut vivre ici auprès de quelqu'un qu'on aime... »

Sa gorge se serra et elle chassa vivement cette pensée, craignant de pleurer si elle s'y attardait.

A quoi bon rêver l'impossible ?

Si elle restait ici, ce serait pour y vivre avec Gerald.

Comme si tant de beauté était trop lourde à supporter pour son âme malade, elle revint dans la chambre.

Puis, s'étant glissée dans les draps, elle ferma les yeux, refusant de se souvenir de ce qu'elle avait éprouvé quand Gerald l'avait touchée. Quand il avait osé lui parler de la blancheur de sa peau en prononçant ces mots incroyables :

— Ça me change...

Elle se demandait comment elle ferait pour oublier cette Sêêtha, qui lui était pourtant inconnue, que Gerald avait chassée et qui en était morte.

Pourquoi s'était-elle tuée ?

Parce qu'elle aimait Gerald, ou parce qu'elle ne pouvait supporter la honte de rentrer dans son village sans cet argent qui lui était dû ?

Revenir aussi pauvre qu'avant, sans cette indemnité qui eût fait d'elle une femme riche, cela signifiait qu'aucun homme ne la voudrait pour femme désormais.

Elle n'avait pu satisfaire son « maître » puisqu'il l'avait chassée, et chassée honteusement, sans même lui reconnaître des droits à une quelconque compensation.

De là à se demander de quoi elle s'était rendue coupable, il n'y avait qu'un pas. Sêêtha avait fort bien pu — en vertu des lois morales particulières nées de cette convention entre paysans et planteurs — se considérer comme « déshonorée ».

Les siens avaient-ils même consenti à la recueillir ? C'était une question que Dominique se posait.

En tout cas, Sêêtha avait préféré la mort à sa disgrâce et avait choisi de se jeter dans le torrent.

Dans l'obscurité de sa chambre, Dominique murmura :

— Comment Gerald a-t-il pu se comporter de cette façon ?

Lord Hawkston avait attendu que Dominique se fût retirée pour déclarer à son neveu :

— J'ai quelque chose à te dire, Gerald.

— Je vous écoute.

— Je me suis levé très tôt ce matin pour aller à cheval jusqu'au village de Lakshman. J'espérais l'y rencontrer, mais il ne s'y trouvait pas. Cependant, j'ai appris quelques faits importants le concernant.

Gerald ne disait mot. Il regardait simplement son oncle avec une expression butée et hostile, comme s'il considérait que celui-ci se mêlait de ce qui ne le regardait pas. C'étaient ses propres affaires, pas celles de lord Hawkston.

— Les villageois m'ont dit que Lakshman avait été précipité dans la folie par les Rakshyos.

— Que peut bien vouloir signifier encore cette ânerie ?

Lord Hawkston laissa échapper un mouvement d'impatience :

— Il y a deux ans que tu vis ici, j'espère que tu as tout de même fait un petit effort pour comprendre le monde qui t'entoure ! Et surtout les gens de la montagne avec lesquels tu as des rapports quotidiens ?

— Si c'est à leurs croyances religieuses que vous pensez, permettez-moi de vous dire que je n'ai pas jugé utile, en effet, de m'intéresser le moins du monde à ce fatras d'idées stupides. Pour moi, c'est de la rigolade !

Le ton et les mots employés choquèrent lord Hawkston qui se contenta cependant de pincer les lèvres avant de poursuivre, sans s'énerver :

— Eh bien, sache que si les Cinghalais sont bouddhistes, les gens des villages sont restés sur bien des points attachés aux croyances hindoues. Ils croient en des dieux bons et en des dieux méchants, aux esprits du bien et aux esprits du mal dont Yakkho est le plus puissant.

Gerald ne paraissait pas du tout impressionné, ni même intéressé, à vrai dire, ce qui n'empêcha pas son oncle de continuer :

— La divinité, pour eux, n'est pas nécessairement bénéfique, charitable et bonne. Il y a deux camps qui gouvernent le monde, à puissance égale. Par conséquent, le Mal étant aussi puissant que le Bien, ils l'adorent. Ce qui est indestructible et puissant, mieux vaut l'adorer que le combattre. En espérant qu'il vous épargnera. C'est une philosophie comme une autre et qui n'est pas aussi stupide que tu sembles le croire.

— Bon. Et alors ?

— Alors ! Ils vénèrent le gentil Bouddha, mais ils pensent qu'il ne peut rien contre l'autre, quand celui-ci a décidé d'agir. La souffrance, la mort, la maladie, les peines sont entre les mains de démons et d'esprits, invisibles aux yeux des hommes, mais toujours en action sur cette terre.

Lord Hawkston resta silencieux quelques secondes, tandis qu'un sourire se dessinait sur ses lèvres :

— A mon avis, il n'y a que très peu de différence entre les esprits du mal des Cinghalais et les suppôts de Satan qui cherchent à précipiter l'humanité dans les flammes éternelles de l'enfer, et contre lesquels prêche avec tant de conviction et d'ardeur vengeresse le vicaire de Colombo, dont Dominique est la fille.

— Vous m'avez dit, en effet, que c'était un fanatique, un puritain farouche. Pourquoi, diable, êtes-vous allé chercher, pour en faire ma femme, la fille d'un énergumène de cette espèce ?

— J'ai choisi Dominique parce qu'elle a et une forte personnalité et du caractère. Deux qualités qui te manquent cruellement.

— Votre attitude envers moi ne peut qu'aggraver mon cas, permettez-moi de vous le dire. Mais continuez.

Lord Hawkston voulut ignorer l'insolence :

— Les bons esprits du village sont les Yakshyos, qui vénèrent le Seigneur Bouddha : ils sont bienveillants et aimables. Face à eux, les Rakshyos, violents, malveillants, diaboliques. Ils habitent les cimetières et les forêts, dans lesquels chacun a son arbre, d'où il guette le passant pour le frapper de malheur ou le précipiter dans la folie.

Lord Hawkston quitta son siège et se mit à arpenter la pièce.

— Et les gens d'ici sont convaincus que Lakshman a été frappé de folie par un Rakshyo.

D'un ton léger, Gerald remarqua, avec un geste désinvolte :

— Question de malchance ! Il est passé sous le mauvais arbre. Je ne vois pas ce que j'ai à voir là-dedans.

Lord Hawkston lui jeta un regard irrité :

— C'est beaucoup plus sérieux que tu ne sembles le croire.

— Franchement, je ne vois pas !

— Tu étais là lorsqu'ils ont célébré les fêtes du nouvel an cinghalais. Tu dois savoir, même si tu n'as accordé que peu d'intérêt aux gens d'ici, que ces fêtes grandioses entraînent dans leur sillage un grand nombre de démons et d'esprits malfaisants : particulièrement ceux qui président aux jeux d'argent et à l'ivresse.

Sans cesser de parler, lord Hawkston regardait fixement son neveu.

— Dans la frénésie de joie, de danses, de bruit qui s'empare de tous à l'occasion de ces festivités, les Cinghalais se défoulent, oublient leur passivité et leur amabilité coutumières. Et c'est la violence dans tous ses excès : brusquement des querelles éclatent, comme un incendie ; les combats au couteau sont fréquents ; et, tu le sais certainement, le pourcentage de meurtres commis à Ceylan est élevé.

— Voudriez-vous insinuer, supposa Gerald, que Lakshman a l'intention de me poignarder ?

— Je considère simplement que c'est une possibilité. Le *Kappurala*, autrement dit le Danseur du Diable, dont le travail, au village, consiste à exorciser ou apaiser les esprits malfaisants, m'a parlé très gravement du cas de Lakshman. Il connaît très bien son monde et je suis décidé à tenir compte de ses avertissements.

— Eh bien, pas moi ! s'écria Gerald. Si vous voulez mon avis, toute cette histoire se résume à une machination sordide, manigancée par les prêtres pour extorquer de l'argent aux imbéciles qui se laissent impressionner. Je connais Lakshman. Je l'ai rencontré quand il m'a proposé sa fille. C'est un petit bonhomme tranquille, inoffensif, qui ne m'arrive même pas à l'épaule. Il peut monter sur ses ergots et dresser sa crête, je n'ai pas plus peur de lui que d'un petit coq de combat.

— Tant mieux. Mais j'ai déjà organisé des recherches pour qu'on le trouve : j'entends lui proposer la somme que tu lui dois pour les deux années que Sêêtha a été ta concubine, plus une indemnité pour son renvoi — que tu aurais dû lui donner d'ailleurs — et, en sus, une forte compensation, dont il fixera lui-même le montant, pour cette mort malencontreuse. Ce que je peux te dire encore, c'est que ton comportement en cette affaire, et ton indifférence inqualifiable quand tu as appris la mort de cette pauvre fille, m'écœurent profondément.

Il perdait son calme, cette fois, lord Hawkston ! Et, comme effrayé à l'idée d'en dire davantage, il gagna la porte en trois enjambées et la laissa retomber derrière lui.

Gerald, resté seul, fit la moue, puis haussa les

épaules en claquant dans ses mains pour appeler un domestique à qui il commanda de lui apporter du whisky.

Dominique rêvait.

Dans son rêve, elle entendait pleurer Prudence.

Quelquefois, après la mort de leur mère, la cadette faisait des cauchemars durant lesquels elle l'appelait. En s'éveillant, elle prenait conscience de la cruelle réalité et éclatait alors en sanglots que Dominique avait toutes les peines du monde à calmer.

Dominique laissait toujours ouverte la porte de la chambre qu'elle partageait avec Foy pour entendre si Prudence, qui occupait celle d'en face, de l'autre côté du couloir, ne se mettait pas à pleurer.

Pour elles toutes, le décès de leur mère avait été une chose effroyable, un désespoir sans bornes, mais pour Prudence, qui n'avait que sept ans, le choc avait été tel que Dominique avait craint un moment que sa santé n'en fût pour toujours altérée.

La fillette n'avait jamais été très solide. Née prématurément, depuis sa toute petite enfance elle était pâle, maigrichonne et plus sujette que ses sœurs à contracter des maladies.

Peut-être parce qu'elle était la dernière-née, Mme Radford lui vouait une tendresse particulière, mais aucune de ses sœurs n'en était jalouse.

Prudence, pour elles toutes, était quelqu'un d'« à part » et Dominique, en quittant Colombo, avait décidé que la première à la rejoindre pour vivre auprès d'elle dans sa nouvelle maison ne serait pas Espérance, mais Prudence.

Avec sa nature fragile et sensible, la benjamine était celle qui souffrait le plus des privations imposées par le rigorisme religieux de leur père.

Juste avant de s'endormir, Dominique avait pensé à « la petite » en se demandant comment elle et ses autres sœurs supportaient son absence.

Elle s'était imaginé, avant son arrivée, que Gerald Warren ressemblait à son oncle, et qu'il était aussi gentil et compréhensif que celui-ci.

Mais ses illusions quant à l'existence qui l'attendait s'étaient dissipées, et les plans qu'elle avait conçus en ce qui concernait ses sœurs s'étaient évaporés comme les brumes de la vallée.

A moitié réveillée, ayant encore dans les oreilles les pleurs de Prudence, elle s'adossa à l'oreiller en se disant qu'il fallait qu'elle se lève, que la petite ne se rendormirait pas si elle n'allait pas l'embrasser.

Mais, au moment de sortir du lit, elle se rendit compte de l'endroit où elle était.

Ce n'était pas au presbytère, mais à des kilomètres et des kilomètres de sa famille. Et les cris qu'elle avait entendus dans son sommeil n'avaient pu être poussés par Prudence. Sans doute un animal, dehors, dans le jardin, avait-il été attaqué par une bête de proie. Il est des cris qui ressemblent à des sanglots.

Certains animaux de la jungle émettent des sons étranges, presque humains. Elle avait lu des livres qui en parlaient.

Le cri s'éleva de nouveau, un véritable appel de détresse, sinistre, et dont la répétition avait quelque chose d'effrayant. Si c'était là une bête, alors elle était juste sous sa fenêtre...

« Je vais me boucher les oreilles », décida-t-elle.

Le visage dans l'oreiller, elle en rabattit les côtés contre sa tête. Mais, malgré elle, elle se surprit à écouter si les plaintes persistaient.

Elle se reprocha d'avoir laissé sa fenêtre ouverte. C'était imprudent et stupide. Que ferait-elle si cet animal venait se réfugier dans sa chambre ?

Et, tout à coup, un vacarme se déchaîna qui la fit bondir du lit, tremblante comme une feuille.

La plainte était devenue un rugissement et, ce qui était plus épouvantable encore, ce rugissement, ou ce feulement, semblait se multiplier.

La peur paralysait Dominique qui restait immobile, glacée... Soudain, prise de panique, incapable de réfléchir, elle traversa la chambre en courant comme une folle, ouvrit la porte et sortit de la pièce.

Elle ne pensait pas, elle ne se posait aucune question, elle fuyait vers l'autre extrémité du couloir, vers un lieu où elle ne risquerait plus rien, où elle serait à l'abri de tout, sauvée !

Lord Hawkston, réveillé, lui aussi, par le tumulte, avait compris tout de suite qu'il s'agissait de deux léopards en train de se battre. Et la colère s'était de nouveau emparée de lui au sujet de Gerald : par indifférence, par indolence, ce garçon avait manqué à tous les devoirs qui s'imposent aux planteurs.

A une certaine époque, les léopards étaient si nombreux à Ceylan qu'ils représentaient une sérieuse menace pour les planteurs.

Depuis, on contrôlait leur nombre, ils étaient devenus plus rares et ne constituaient plus un danger pour l'homme.

Mais si un planteur permettait à ces habitants de la jungle de pénétrer dans ses plantations et de redevenir un danger, non pour ses ouvriers mais pour ses cochons et ses chiens, il n'avait personne à blâmer que lui-même.

Assis dans son lit, lord Hawkston était en train de se demander si les léopards allaient déguerpir ou, leur lutte se prolongeant, s'ils lui laisseraient le temps d'aller chercher un fusil et de les abattre.

Tout à coup, la porte de sa chambre s'ouvrit sous une violente poussée et une petite personne terrifiée entra en courant pour venir se jeter dans ses bras.

Il les referma doucement sur ce corps qui se pressait contre lui et qui tremblait, tremblait... Comme il fallait qu'elle fût affolée, la petite Dominique, pour avoir osé une chose pareille ! Vraisemblablement saisie de panique, et l'esprit en déroute...

— Calmez-vous, mon petit, calmez-vous... Ils ne s'attaqueront pas à vous. Tout va bien, allons...

Mais elle se cramponnait à sa chemise de nuit et se pressait plus fort contre lui. Comme si ce contact pouvait la protéger non seulement des fauves, mais de sa propre peur.

— Je sais qu'il y avait de quoi vous affoler, Dominique, mais à cette époque de l'année, quand les animaux sont en rut, les combats de mâles sont fréquents dans la jungle. Et, croyez-moi, dans ces cas-là, les éléphants font plus de bruit encore !

Mais elle continuait à trembler de tous ses membres, son visage toujours enfoui contre l'épaule de lord Hawkston.

— Dominique ! Laissez-moi me lever, il faut que j'aille chercher un fusil. Ils sont toujours là. Je vais les abattre et ils ne viendront plus vous tourmenter.

— Non ! Non, ne... ne me quittez pas !

— Je m'en voudrais de faire quelque chose qui vous bouleverse encore... mais il faut que je les tue ! Soyez raisonnable.

Il ne put dire un mot de plus. Elle bégayait, véhémente malgré sa faiblesse :

— Je ne suis pas... raisonnable... Je n'ai jamais été... raisonnable !

Maintenant, elle pleurait et reniflait tout en donnant libre cours aux paroles qui se pressaient sur ses lèvres.

— J'ai essayé de... d'être comme vous vouliez que je sois... mais c'est... c'est impossible ! J'ai peur... j'ai très peur... de tout ! J'ai essayé de... d'être courageuse mais... je n'y arrive pas !

— C'est faux. Vous vous êtes montrée courageuse en bien des circonstances.

— Je ne le suis pas ! Oh ! non ! je ne... le suis pas. Je vous ai menti... J'ai menti non pas en paroles... non... mais mes actions ont été... des mensonges. Mais vous ne... l'avez pas deviné... J'ai toujours eu peur... toute ma vie... depuis ma petite enfance. Même maintenant, j'ai encore peur de l'obscurité !... J'ai peur des... des serpents... et des léopards. J'ai peur de... de M. Warren... J'ai peur de devenir... sa femme.

Elle avait prononcé ces derniers mots dans un murmure, mais elle les avait dits. Et lord Hawkston songea qu'il aurait dû s'y attendre. C'était fatal...

— Vous me méprisez, n'est-ce pas ? Je sais que vous me méprisez. Et j'ai peur... oui, j'ai peur que vous soyez très fâché. Mais il faut bien que je vous dise... la vérité... Je ne peux pas continuer à faire semblant, comme ça... alors que je sais que je ne pourrai pas, je ne pourrai jamais... Mais j'ai honte... Oh ! oui, j'ai honte... Je vous ai trompé, j'ai abusé de votre confiance... Il ne fallait pas me faire confiance... Je n'ai aucune volonté, je suis lâche...

Jusque-là, elle avait pleuré doucement, tout en balbutiant ces phrases hachées. Mais brusquement, elle éclata en sanglots, des sanglots convulsifs. Lord Hawkston sentait contre lui la tempête qui agitait ce jeune corps. Cependant ses sens n'en étaient pas troublés, il était trop ému pour cela.

Il éprouvait plutôt en cet instant l'impression d'être un père, un « papa » vers qui l'on est venu se faire consoler d'un chagrin, puéril et touchant.

Mais il ne trouvait rien à dire. Il n'avait pas l'habitude. Il se contentait de la tenir serrée contre lui, tandis qu'elle hoquetait désespérément, incapable de se reprendre, de surmonter cette crise. Elle avait tout supporté depuis son arrivée, mais à présent, ses nerfs étaient à bout.

C'est ce que comprit fort bien lord Hawkston.

— Ne pleurez plus, Dominique, dit-il enfin, d'une voix douce. Tout va s'arranger. Je ferai en sorte que les choses aillent bien pour vous. Ce n'est pas aussi terrible que vous vous l'imaginez...

— Oh ! si... si, c'est terrible. Je vous ai trahi. Je

manque à ma parole... Mais je ne peux pas faire autrement... je ne peux pas !... Je vous le dis, je suis lâche... Désespérément, honteusement lâche... Il y a des choses dont la seule pensée me glace, me terrifie... Je sais que je ne les supporterai pas... Je n'ai pas assez de courage.

— Ne dites pas de sottises. Vous êtes quelqu'un de très bien !

Dominique, peu à peu, se calmait.

On n'entendait plus aucun bruit venant du dehors.

D'une voix apaisante, rassurante, lord Hawkston se mit à parler :

— Les léopards sont partis... En un sens, je regrette que vous ne les ayez pas vus, parce que le léopard de Ceylan est un animal assez remarquable et très joli à regarder. Son corps est rayé, comme celui du tigre, mais moins nettement, moins franchement... Ses pattes seules sont mouchetées, et son bond, qui est fantastique, est l'un des mouvements les plus gracieux que présente la faune du monde entier.

Dominique exhala un long soupir.

Elle ne pleurait plus, mais restait le visage enfoui contre l'épaule de lord Hawkston. Celui-ci comprit que, dans sa terreur, elle n'avait couru à lui que pour être protégée.

Elle avait complètement oublié, dans sa panique, qu'elle n'était vêtue que d'une chemise légère, une de ces délicates chemises brodées de façon ravissante par les ouvrières de Mme Fernando, et qui faisait partie de son trousseau.

La pensée que lord Hawkston était un homme ne l'avait pas effleurée : pour elle il était le refuge, le salut... Un asile, un sanctuaire, pas un être humain.

Il représentait la sécurité, ce qui pouvait apaiser sa frayeur, le recours suprême contre tout ce qui risquait de lui faire du mal.

En un mot, quelqu'un d'abstrait, sans personnalité, mais d'essence supérieure et bénéfique. Un dieu ?

C'était un peu exagéré, mais il y avait de cela : un dieu accessible, capable de vous comprendre, et non un dieu lointain et muet.

Il sourit de lui-même, et demanda :

— Vous sentez-vous mieux ?... Tout est tranquille, maintenant.

Elle releva la tête.

Dans l'obscurité il ne pouvait la voir, mais il sentait ses longs cheveux lui caresser le visage, et cette sensation était loin d'être désagréable.

En outre un parfum de lavande se dégageait de son corps. Il y avait fort longtemps qu'il ne l'avait senti, ce parfum si typiquement anglais. Parmi tous les autres auxquels il était habitué maintenant, celui-ci prenait un caractère d'exotisme. Il le respira avec émotion : cela évoquait tout ce qu'il avait aimé dans sa jeunesse, et surtout sa mère...

— Il ne faut plus avoir peur, Dominique.

— Je n'ai plus peur.

Mais ce dernier mot s'étrangla dans sa gorge. Sa volonté de se montrer à tout prix courageuse avait quelque chose de pathétique.

— Demain, je ferai en sorte que les léopards ne puissent plus venir jusqu'ici. Je vais d'ailleurs faire rouvrir les chambres de l'étage et demander qu'on les nettoie et qu'on les prépare. J'aurais dû insister pour que cela soit fait dès notre arrivée.

— Je m'y sentirai, en effet... peut-être plus en sécurité que dans celle que j'occupe actuellement, et qui est quasiment de plain-pied sur le jardin. Mais si je suis toute seule là-haut...

— Non, vous n'y serez pas seule. Ma chambre est également au premier. Je l'ai conçue et installée moi-même. *La Palmeraie*, c'est son nom. Mais, voyez-vous, Dominique, où que vous soyez, vous pouvez toujours compter sur moi pour vous protéger.

— Je le sais, murmura-t-elle. C'est bien pour ça

que... que j'ai couru vers vous... tout à l'heure.

Certes, sa tête ne reposait plus sur l'épaule de lord Hawkston, mais elle ne faisait aucun geste pour s'écarter de lui, pour se dégager de l'étreinte où il la tenait encore serrée.

Malgré tous ses efforts pour parler d'une voix posée, calme, il se rendait compte qu'elle restait crispée, l'oreille tendue vers les bruits du dehors, comme si elle redoutait d'entendre de nouveau les feulements rauques et sauvages des fauves.

— J'aurais voulu que vous passiez une nuit paisible. Beaucoup de fatigues vous ont été imposées, et tout ce qui est arrivé depuis notre départ de Colombo vous a peut-être affectée nerveusement. Maintenant, il faut aller dormir.

— Je... je ne peux pas retourner... dans cette chambre.

— Je comprends. C'est évident... Eh bien, nous allons faire l'échange. Vous dormirez ici et moi... Mais je peux vous affirmer que les léopards ne reviendront pas.

Elle supplia, honteuse :

— Non... Ne me.. quittez pas... Pas encore. Restez un peu avec moi... Un moment.

Sa main se crispait de nouveau sur sa chemise de nuit, comme pour le retenir.

— Bon. Je ne partirai que si vous me le demandez. Mais il faut essayer de dormir. Alors, je propose que vous couchiez dans ce lit, et je resterai auprès de vous jusqu'au lever du soleil, ou du moins jusqu'à ce que vous soyez endormie.

Elle eut un petit sanglot :

— Vous devez penser... que je suis un peu... folle ?

— Je pense qu'en vous réfugiant auprès de moi quand vous avez eu peur, vous avez agi exactement comme il fallait.

Très doucement, il dégagea ses bras. La jeune fille s'assit sur le lit où elle était restée jusque-là étendue contre lui, tandis qu'il allait prendre sa robe de chambre.

Pendant qu'il l'enfilait, elle se glissa sous le drap et rabattit la couverture sur elle.

— Vous n'allez pas... partir tout de suite ? C'est bien vrai ?

— Puisque je vous l'ai promis !

Alors il s'assit près d'elle et ses mains cherchèrent celles de Dominique pour les serrer en un geste rassurant.

Elle eut un soupir de satisfaction, ses doigts répondirent à la pression de ceux de lord Hawkston.

— Vous n'êtes vraiment pas fâché contre moi ?

— Je ne suis pas fâché, je ne vous méprise pas le moins du monde, et à aucun moment je n'ai pensé que vous étiez folle. Là ! Etes-vous satisfaite ? Je pense, au contraire, comme déjà le jour de notre rencontre, que vous êtes une petite bonne femme exceptionnelle et très courageuse.

— Oh ! non... Vous savez bien que non... Mais cela me fait plaisir que vous le disiez. J'aimerais bien que vous le pensiez pour de bon.

— Mais je le pense « pour de bon ». C'est l'exacte vérité.

Elle eut une petite moue de doute, mais ne dit rien.

Avec un sourire, il ordonna :

— Fermez les yeux. Je crois que cela vous aidera à trouver le sommeil. La nuit est déjà très avancée. Je n'ai pas besoin de consulter ma montre pour vous dire que dans moins d'une demi-heure l'aube va se lever sur les montagnes, nous apportant une nouvelle journée pendant laquelle le soleil brillera dans toute sa gloire.

Il avait doucement desserré ses doigts. Elle n'eut pas un mouvement et, un instant plus tard, il entendit sa respiration, régulière et paisible.

Il savait que la frayeur et les larmes l'avaient nerveusement épuisée. Et qu'une fois détendue elle s'endormirait vite et profondément, comme il l'avait constaté chez ses hommes après des journées d'un travail exténuant ou un choc émotionnel très fort.

Il resta assis sans bouger, au bord du lit, la main de Dominique posée sur la sienne, attendant le rayon de clarté qui, entre les rideaux, annoncerait la venue de l'aurore.

Déjà, la faible clarté grisâtre de l'aube faisait surgir de l'ombre l'opacité sombre des meubles et permettait de distinguer nettement, dans la blancheur du lit, le haut du corps de Dominique.

Sa chevelure recouvrait entièrement ses épaules, laissant à nu son petit visage en forme de cœur où les cils, encore humides, dessinaient leur courbe au-dessus des joues pâles.

Elle paraissait vraiment très jeune et sans défense. Longuement il la contempla. Puis, très doucement, il dégagea sa main de l'étreinte des doigts menus et, s'étant dressé d'un mouvement souple, il alla jusqu'à la porte restée entrouverte. Une fois dans le couloir, il la referma avec d'infinies précautions.

Quand il pénétra dans la chambre qu'avait occupée Dominique, il vit, sur le sol, le drap et la couverture qu'elle avait rejetés dans sa fuite. La fenêtre était restée ouverte sur la véranda.

Il y alla. La pelouse, à l'endroit où avait eu lieu le combat des léopards, était comme labourée. Des fleurs étaient brisées, écrasées, des plantes déracinées.

Debout, immobile, il constatait les dégâts lorsque quelque chose, à l'extrémité de la véranda, retint son attention.

Noué à l'un des piliers, un morceau de ficelle cassée qui avait dû retenir captif un animal de petite taille, un jeune faon, peut-être.

Son regard se reporta un peu plus loin, sur une épaisse frondaison. Dans ce fouillis végétal, un homme était caché : Lakshman, qui attendait de venger sa fille !

Si Dominique, cette nuit, prise de pitié, était sortie de sa chambre pour voir qui se plaignait ainsi, et avait détaché la bête, les léopards se seraient jetés sur elle !

Il lui fallait retrouver Lakshman, très, très vite !

Lorsque Dominique, à son réveil, se vit dans une autre chambre que la sienne, et dans un autre lit, les événements de la nuit lui revinrent pêle-mêle à la mémoire.

La pendulette, à son chevet, lui apprit qu'il était tard et qu'elle avait bien dormi depuis le petit matin.

Cela ne la surprit pas. Mais la honte l'envahit lorsqu'elle se souvint de la façon indiscrète, voire inconvenante avec laquelle elle s'était précipitée jusqu'à la chambre de lord Hawkston, sous l'emprise de la peur panique qui s'était emparée d'elle.

« Que j'ai été sotte ! C'est vraiment inexcusable... »

En même temps, au souvenir de l'affreux vacarme provoqué par les léopards, elle éprouva un frisson.

En déclarant à lord Hawkston qu'elle avait toujours été peureuse, elle était sincère. Forcée de dissimuler, afin d'être un exemple pour ses sœurs plus jeunes qu'elle, elle n'avait cependant jamais oublié l'épreuve terrible que lui avait fait subir son père à l'âge de sept ans.

Ce jour-là, sa mère était malade et n'en avait tout d'abord rien su. Mais quand par la suite elle l'apprit, elle s'en montra très contrariée. Dominique eut le sentiment qu'elle en avait un peu voulu à son mari, elle, l'épouse soumise, qui jamais ne s'élevait contre sa volonté.

Auparavant, le vicaire avait donné une leçon de catéchisme qui traitait des anges gardiens, chargés de protéger les fidèles et de les défendre contre les démons qui venaient de l'enfer, envoyés par leur maître le diable pour les inciter au péché.

Avec un grand talent de prédicateur — et de comédien — il rendait très vivant, très sensible aux enfants ce qui enfiévrait sa propre imagination.

Ce jour-là, entraîné par son élan oratoire, il avait dépeint avant tant de réalisme et d'horreur les affres qui attendaient le pécheur que Dominique s'était écriée, réellement épouvantée :

— J'ai peur, papa ! J'ai peur des démons ! Je sais qu'un jour ils vont me prendre !

— Ils ne te prendront pas si tu restes dans les voies du Seigneur ! Ses anges te protégeront. Car ils sont là, Dominique, toujours présents bien qu'invisibles... Tu ne le sais pas mais ils t'entourent, il y en a toujours à tes côtés, prêts à intervenir pour te garder du péché.

Et l'enfant, épouvantée par ces êtres prétendument invisibles qui la surveillaient à tout instant, s'était écriée :

— Je n'en veux pas !... Je ne veux personne autour de moi ! Je suis assez grande pour savoir ce que je dois faire ! Ils me font peur, les anges ! Autant que les démons !

Le vicaire avait considéré la protestation de Dominique comme une révolte sacrilège. Et comme une preuve que son enfant était déjà la proie des puissances malignes.

— Tu ne sais pas ce que tu dis. Ce n'est pas toi qui parles par ta bouche...

— Si, papa, c'est moi ! J'ai peur des anges, quoi que tu puisses me dire... J'en ai peur, j'en ai peur, je n'en veux pas !

Comme punition, elle dut rester seule, toute la nuit, dans l'église déserte, afin de méditer sur la médiation des anges et convenir que, dans cette solitude, eux seuls avaient pu empêcher les démons de la tourmenter.

Ce faisant, le vicaire était persuadé d'avoir pratiqué une sorte d'exorcisme.

Dominique s'en souvenait comme si cela avait eu lieu la veille. En vérité, toute la nuit, les démons lui avaient soufflé la révolte, la colère, le désir de vengeance. Quant aux anges, ils ne s'étaient pas manifestés.

Au matin elle s'était réveillée très lasse, avec des courbatures, couchée sur le sol dallé, un coussin rouge de prie-Dieu sous la tête.

Cette épreuve avait laissé des traces indélébiles dans l'âme de Dominique. Elle en avait gardé une peur maladive de l'obscurité et détestait dormir seule. Heureusement, elle partageait sa chambre avec Foy, ce qui suffisait à la rassurer.

Il lui avait bien fallu, pourtant, en qualité d'aînée, faire montre d'une certaine autorité. Et, après la mort de sa mère, la remplacer non seulement auprès de ses sœurs, mais aussi auprès de son père.

Pourtant, en dépit de ces responsabilités, qui demandaient de la patience, du courage, une certaine force de caractère, Dominique se jugeait timorée, craintive, faible, toujours inquiète pour rien, incapable de faire face à toute situation exigeant du cran et de l'assurance.

Ce qui s'était passé cette nuit l'emplissait de honte. Jamais encore elle ne s'était conduite de façon aussi sotte, aussi ridicule, aussi humiliante.

Elle se rendait compte, néanmoins, que ce n'était pas entièrement sa faute ; c'était l'aboutissement de toute une chaîne de circonstances qui avaient compromis son équilibre, bouleversé ses habitudes et ses sentiments.

La Dominique qui avait fui comme une folle, dans la nuit, jusqu'à la chambre de lord Hawkston, ce n'était pas elle. Ce n'était qu'une partie d'elle, la moins forte, celle contre laquelle l'autre partie luttait depuis toujours.

Mais où était l'autre ? Parviendrait-elle à reconstituer son personnage ?

Elle avait reçu tant de chocs en si peu de temps : d'abord, cette proposition inattendue, invraisemblable de lord Hawkston ; le chagrin de devoir quitter sa maison, ses sœurs, et aussi son père, malgré tout ; la répulsion que provoquaient en elle Gerald et son baiser ; l'effrayante appréhension d'un avenir auprès de cet homme qui devait devenir son mari et dont elle ne supportait ni la vue ni le contact ; la mort de Sêêtha dont Gerald était responsable et qui le laissait totalement indifférent... Et, pour couronner le tout, ce combat de léopards, sous sa fenêtre, en pleine nuit.

Elle avait perdu la tête. C'était explicable. Mais elle ne se le pardonnait pas pour autant. Si justement elle avait été « quelqu'un de bien », comme disait lord Hawkston, elle n'aurait pas perdu la tête ! Une excuse n'est pas une justification.

Que pensait-il vraiment, au fond de lui ? Ne regrettait-il pas de lui avoir fait confiance, de l'avoir amenée ici, dans cette maison qu'il avait construite lui-même et qui, avec sa plantation, était tout son orgueil ?

S'il l'avait jugée digne d'en être la maîtresse, s'il l'avait imaginée en grande dame, en châtelaine, il devait éprouver une bien amère désillusion en découvrant qu'elle était timide, empruntée, poltronne et, pour comble, malhonnête d'avoir accepté tout ce qu'il lui avait offert pour, maintenant, se défiler au moment de remplir les clauses du contrat.

« Il m'a tant, tant donné ! Et, quand il a besoin de moi, je lui fais défaut ! »

A cette pensée, des larmes brûlantes lui montèrent aux yeux. Elle se sentait dans une impasse et terriblement fatiguée, malgré ces quelques heures de sommeil. Plus que fatiguée, épuisée, brisée physiquement et moralement.

« Il faut que je me lève », décida-t-elle.

Mais elle restait étendue sur son lit, sans force, et contemplait la chambre que les rayons du soleil éclairaient par les fentes des rideaux. Le thème de la décoration en était le lotus, comme dans la première chambre qu'elle avait occupée, mais ici, le lotus était rouge au lieu d'être blanc.

Le lit, sculpté de la même manière, était peint de la couleur de « la reine des fleurs » — du moins en Asie : à savoir rouge flammé de rose. Les rideaux présentaient les mêmes motifs, mais le tableau sur le mur était différent.

Il ne représentait pas le Bouddha, mais le lac de Kandy où fleurissent les lotus rouges. A une extrémité du lac se dresse le temple sacré de la Dent de Bouddha, situé à une certaine distance, tandis que dans l'eau, au premier plan, se reflètent des frangipaniers, dits « arbres du temple ».

Alors qu'étendue, appuyée sur un coude, une main contre sa joue, elle se laissait aller à son ravissement, elle comprit soudain pourquoi Kandy lui était apparu comme un lieu poétique, sublime, adorable... Pourquoi le lac brillait-il pour elle d'un miroitement si soyeux ? Pourquoi avait-elle éprouvé à sa vue une sorte d'élan mystique ? Pourquoi les couleurs et la beauté des fleurs l'avaient-elles enthousiasmée ? Mais parce que lord Hawkston était auprès d'elle ! Parce que le charme de sa voix ajoutait au charme du paysage ! Parce que leurs regards communiaient dans l'admiration de ce qui les entourait ! Parce que sa présence, qu'elle ressentait avec une acuité qui la pénétrait tout entière, donnait un éclat unique et merveilleux à toute chose.

Oui, elle s'était sentie heureuse, d'un bonheur inconnu, jamais ressenti dans le passé, un bonheur d'une qualité particulière, venu d'ailleurs, d'un au-delà de la terre...

Mais la source invisible de ce bonheur lui apparaissait maintenant, en une fulgurance aveuglante !

C'était tout simple. Et cependant elle n'en prenait conscience qu'à cet instant.

Comment n'avait-elle pas compris plus tôt ce qui se passait en elle ?

L'amour ! Elle était amoureuse de lord Hawkston !

Amoureuse de l'homme qui l'avait conduite dans ces montagnes afin de lui faire épouser son neveu !

Bouleversée par cette révélation, elle se laissa retomber sur l'oreiller et, les yeux grands ouverts, fixant le tableau, elle se demanda ce que serait sa vie désormais.

Il allait repartir pour l'Angleterre. Et si elle n'épousait pas Gerald, plus jamais elle ne le reverrait.

Elle ferma les yeux. A ses cils perlaient des larmes.

7

Midi allait sonner quand Dominique trouva enfin l'énergie de se lever, de faire sa toilette et de s'habiller.

Bien sûr lord Hawkston lui avait recommandé de bien se reposer, mais elle avait honte. C'était la première fois de sa vie que, à moins d'être malade — ce qui lui arrivait très rarement —, elle se levait à une heure pareille.

Mais quand elle sortit de sa chambre, elle ne trouva ni lord Hawkston ni Gerald. Décidée d'aller faire un tour au jardin en les attendant, elle prit son ombrelle qui était restée dans le hall.

Elle allait atteindre la porte quand elle entendit les pas d'un cheval. D'un seul cheval. A la pensée que peut-être elle allait se trouver seule avec Gerald, elle faillit retourner dans sa chambre.

Mais le cavalier mit pied à terre et elle reconnut lord Hawkston.

Son cheval écumait : il devait avoir fait une longue et rude course dans la montagne.

A la ceinture qui lui ceignait la taille pendait un pistolet. Sans doute était-il allé à la recherche des léopards.

Ces suppositions, Dominique les faisait machinalement, tandis que son esprit était occupé de tout autre chose. Car son cœur battait la chamade. Elle craignait de se trahir quand lord Hawkston serait auprès d'elle. La timidité, la crainte et la joie de le revoir, tout cela la rendait stupide.

Comme la veille, il portait une chemise ouverte et dont les manches étaient roulées au-dessus du coude.

Elle se tenait devant la porte et il la vit sur le seuil, son ombrelle à la main.

— Où allez-vous ? demanda-t-il en souriant.

Du regard il détailla sa robe de mousseline de couleurs vives, à volants, nouée au cou par un ruban, et selon toute apparence il la trouva jolie.

Dominique eut du mal à lui répondre ; les mots s'étranglaient dans sa gorge :

— J'allais juste... faire un tour dans le jardin avant... avant le déjeuner.

Un valet d'écurie, vite accouru, emmena le cheval par la bride.

— On ne déjeune pas encore. Nous avons le temps, si cela vous fait plaisir, d'aller voir les lotus géants.

Elle s'exclama, enjouée :

— J'en serais ravie...

L'effort qu'elle avait fait pour prendre une voix de tête, légère, fit que le mot « ravie » ne fut qu'un borborygme et resta au fond de son gosier contracté.

Elle le rejoignit et ils partirent côte à côte à travers la pelouse. Ainsi vêtu, avec une élégante négligence, il paraissait vraiment jeune et bâti en athlète. Moins impressionnant que le lord Hawkston conventionnel et distingué de Colombo, mais encore plus beau.

Cependant, il était soucieux. Avec l'instinct d'une femme amoureuse, Dominique sentit que quelque chose le préoccupait. Elle espéra qu'il lui en parlerait, qu'il aurait envie de se confier, elle qui aurait tant voulu lui être utile, le soulager de ses responsabilités qu'elle devinait très lourdes. Elle ne pouvait prétendre en assumer beaucoup mais au moins quelques-unes, les plus faciles.

Elle attendit mais il n'en fit rien. Il parla du jardin, lui montra des plantes qu'il avait acclimatées, dont certaines étaient rares, et surtout de quelques arbres qu'il lui désigna de l'index : non seulement elle n'en avait jamais vus, même en reproductions, mais elle ignorait jusqu'à leur existence.

— Dans deux mois, dit-il, les rhododendrons seront en fleur. Ils fleurissent plus tard, en altitude, mais ils sont alors d'une couleur vraiment extraordinaire.

Dominique eut envie de lui demander si dans deux mois, il pensait être encore là, mais lorsqu'elle voulut poser la question ses lèvres se mirent à trembler... et elle sut que jamais elle n'aurait le courage de le faire.

Il lui avait fait confiance. Il croyait en des qualités qu'il pensait avoir découvertes en elle et qu'elle n'avait pas ! Au fond, il la connaissait très mal et elle l'avait trompé. Sans le vouloir, mais le résultat était le même.

Elle se souvenait lui avoir dit, à Kandy : Quand on aime, aucun sacrifice n'est trop lourd. Car l'amour, c'est le sacrifice total de soi pour le bonheur de l'autre.

Eh bien, elle l'aimait ! Et elle aurait dû, au nom de cet amour, accepter d'épouser Gerald, puisque c'était cela que lord Hawkston espérait d'elle. Cela, et rien d'autre !

Cette seule pensée lui faisait venir les larmes aux yeux : elle avait envie de crier, de sangloter — comme elle l'avait fait la nuit précédente — contre son épaule. Mais ce faisant, il n'en éprouverait pour elle que plus de mépris. Déjà, elle devait avoir considérablement baissé dans son estime.

S'il se montrait courtois, gentil, ce n'était que pour la mettre à l'aise. Pour oublier par exemple la façon dont elle s'était précipitée dans sa chambre pour se mettre sous sa protection, et le manque de pudeur et de tenue dont elle s'était rendue coupable en se jetant dans ses bras pour pleurer contre son épaule.

Sur le moment elle avait pensé ne pouvoir rien faire d'autre, que là seulement était son salut. Mais ce matin, délivrée de l'affreuse angoisse, de la panique qui l'avait rendue presque folle, la honte l'accablait d'avoir manqué à ce point de sang-froid.

Il était vrai, cependant, pour être juste, qu'elle n'avait à aucun moment songé qu'elle courait se réfugier auprès d'un homme : elle était allée vers un abri, une tour... Toutes proportions gardées, elle avait l'impression de s'être conduite comme un malfaiteur pourchassé qui se précipite à l'église pour y trouver asile. Car là est le salut, là le lieu inviolable où nul ne pourra l'atteindre.

Cette comparaison, quelque peu sacrilège, permettait à Dominique de se trouver une excuse. Elle n'avait pas voulu se jeter dans les bras de lord Hawkston : elle y était tombée malgré elle, sous l'emprise de la frayeur.

Ce raisonnement, qu'elle se tenait depuis son réveil, exaspéra soudain sa conscience pointilleuse : « Tu te racontes des histoires ! C'est bel et bien un homme chez qui tu es allée : l'homme que tu aimes ! Tu avais vraiment peur, ce n'était donc pas un prétexte, je te l'accorde. Mais, si tu ne l'aimais pas, tu te serais conduite autrement. Tu l'aurais supplié de te permettre de rester dans sa chambre, tu lui aurais expliqué que tu avais peur de rester seule, mais tu ne te serais pas précipitée sur son lit, tu ne te serais pas blottie contre son corps ! Tu aurais gardé un minimum de décence, de dignité... »

C'était exact. Il lui fallait capituler devant sa conscience. Ce qui l'avait précipitée contre l'épaule de lord Hawkston c'était autant l'amour, sinon plus, que la terreur.

Mais il devait l'ignorer. Elle n'avouerait jamais et le lui prouverait simplement, sans qu'il s'en doute, en sacrifiant toute sa vie à ses désirs.

Il lui parlait, et elle essayait d'accorder toute son attention à ses paroles, mais en réalité elle n'était attentive qu'au plaisir que lui procurait sa présence, au délicieux émoi qui la parcourait lorsque leurs mains se rencontraient sur une fleur ou un bourgeon, au frisson qui la traversait lorsqu'il posait légèrement ses doigts sur son bras nu pour l'inviter à le suivre.

Comment n'avait-elle pas compris, cette nuit-là, lorsqu'il la tenait serrée contre lui, qu'elle désirait cela plus que tout au monde ?

Que penserait-il, si elle lui demandait, là, tout à coup, de recommencer ? De la protéger, de la rassurer contre ce qui l'attendait maintenant, en la serrant contre lui comme il l'avait fait la nuit précédente, où seule son étreinte avait pu la délivrer de la terreur qui l'affolait. Au point qu'elle avait pu s'endormir paisiblement, pendant qu'il lui tenait la main.

« Se peut-il qu'il existe au monde, se demandait-elle, un seul homme plus compréhensif, meilleur que lui ? »

Elle savait combien son père aurait été outré de sa conduite ; qui que ce soit d'ailleurs se montrerait horriblement choqué en l'imaginant, tout juste vêtue d'une légère chemise de nuit, en train de courir dans un couloir pour se précipiter sur le lit d'un homme.

Et lui, qu'en pensait-il ? Voyait-il maintenant en elle une effrontée aux mœurs libres, sous des dehors sages ?

Non, certainement pas. Mais il devait la juger fatigante, avec ses réactions de gamine qui a peur dans le noir et qui, bien qu'ayant passé toute sa vie à Ceylan, est épouvantée parce que deux léopards se battent sous sa fenêtre. Ce qui ne représentait pas pour elle plus de danger qu'une bataille de chats.

« Oui, il doit me considérer comme une enfant ; mais moi je l'aime, comme une femme... Je l'aime de tout mon être, et je sais ce qu'un tel amour représente. C'est celui qui existe depuis le début du monde et qui est éternel. »

Ce qu'elle éprouvait pour lord Hawkston était beaucoup plus qu'un appel des sens, beaucoup plus qu'un élan du cœur... Elle avait la certitude que son amour lui était donné par Dieu lui-même pour guider désormais toute sa vie et qu'il resterait unique, jusqu'à son dernier souffle.

« Un tel sentiment, pensait-elle, ne serait jamais compris par un homme comme Gerald, incapable de l'éprouver et qui sans doute ne l'inspirerait jamais à personne. »

S'il avait été différent, peut-être aurait-elle pu l'épouser, devenir sa compagne, son amie, et remplir le contrat qui l'engageait envers lord Hawkston. Il fallait avouer à Gerald la vérité, il ne lui en tiendrait pas rigueur, puisque lui-même n'éprouvait rien pour elle. Ils ne seraient que des associés, ce qui ne les empêcherait pas d'avoir l'un pour l'autre une certaine affection. Beaucoup de ménages, unis simplement par des intérêts communs, surtout dans la haute bourgeoisie et l'aristocratie, vivent dans cette situation et s'en accommodent fort bien.

Elle garderait en son cœur, précieusement, son amour pour lord Hawkston, et laisserait à son époux une entière liberté. La vie serait alors possible...

Mais, avec Gerald Warren, une telle solution était inconcevable.

Comment pourrait-elle supporter, année après année, une cohabitation avec un être aussi matérialiste, aussi terre à terre, sans idéal, dépourvu de toute sensibilité, et que rien ni personne n'intéressait, sauf lui-même et la satisfaction de ses vices ?

Ce serait au-dessus de ses forces. Et, plus grave encore, elle devrait, même contre son gré, assumer ses devoirs d'épouse ! A la pensée de devoir accepter ses baisers, ses étreintes, tout son être se révulsait de dégoût. L'horreur d'une telle perspective fut telle qu'elle frémit et, dans un mouvement instinctif, se rapprocha de lord Hawkston.

Celui-ci comprit, à ce sursaut qui la poussait vers lui, qu'elle était brusquement inquiète, ou impatiente. Ou peut-être avait-elle faim.

— Nous nous sommes un peu attardés, dit-il. Je vous avais promis de vous montrer les lotus géants, c'est vrai... Allons-y, ensuite nous rentrerons déjeuner.

Il l'entraîna par un sentier tracé à travers la jungle, bordé d'arbres en fleurs et qui, à l'origine, avaient été plantés pour le délimiter. Maintenant ils étaient en retrait, un fouillis d'herbes et de plantes sauvages avait envahi la base de leurs troncs. Les magnolias, les jasmins et les « champees » embaumaient.

Brusquement, après un tournant, sans que rien l'eût laissé prévoir, elle découvrit la nappe d'eau à ses pieds.

Ses dimensions n'étaient pas aussi vastes qu'elle l'avait imaginé.

Les rayons du soleil, passant entre les branches et les feuillages, éclairaient le site en un dessin d'or et de bronze qui conférait à la clairière une étrangeté mystique, que l'on ressentait profondément sans pouvoir l'exprimer.

L'étang lui-même laissa Dominique sans voix. Couvert de lotus géants, certains largement épanouis, d'autres en boutons, il offrait un tableau d'une harmonie et d'une splendeur inouïes.

C'est alors qu'elle vit la statue de Bouddha.

Lord Hawkston avait suivi la direction de son regard :

— Ceci est mon trésor le plus précieux. Je tenais à vous le montrer. Je crois pouvoir situer son origine à Anuradhapura, mais je l'ai trouvé dans la jungle, parmi des ruines, et l'ai fait transporter ici où, du moins, il possède un environnement et un respect dignes de lui.

— Il est exactement à la place qui lui convient, approuva Dominique.

C'étaient là les premiers mots qu'elle eût enfin réussi à prononcer depuis leur arrivée.

— Venez le voir de plus près. Il a été sculpté de façon assez remarquable.

Ils firent le tour de l'étang, non sans peine, car il leur fallait écarter les fougères, et autres végétaux, qui avaient proliféré entre les arbres.

Lorsqu'elle fut à proximité de la statue, Dominique se rendit compte que lord Hawkston l'avait placée au milieu d'un grand buisson d'arbres du temple et de « champees », comme le faisaient les bouddhistes de l'île, pour qui ces plantes sont l'ornement de tout *wihara*.

Le bouddhisme, elle ne l'ignorait pas, était la religion des fleurs, et lord Hawkston était certainement l'un des rares Anglais capables de considérer les emblèmes d'autres religions avec un tel respect.

Et celui-ci, quand il avait découvert cette statue parmi des ruines et des gravats, avait dû être peiné et choqué de la voir ainsi abandonnée, et il l'avait ramenée chez lui pour lui offrir un environnement digne d'elle.

Des herbes folles, des plantes grimpantes montaient d'ailleurs, ici même, à l'assaut du Bouddha. Lord Hawkston se pencha pour les arracher et Dominique sut qu'il était une fois de plus contrarié. Le socle — un large lotus de pierre sur lequel le dieu était assis — était envahi par les herbes.

— Il doit être vraiment très ancien... remarqua Dominique.

Mais elle ne termina pas sa phrase. Un bruit, ou plutôt un mouvement, elle ne savait pas très bien, et tout proche, avait attiré son attention.

Elle tourna la tête et poussa un cri.

Juste derrière eux, un homme se tenait, debout,

qui s'était approché jusque-là sans faire plus de bruit qu'un reptile.

Son visage grimaçant suait la haine. Avec une expression vraiment démoniaque, il brandissait dans sa main un de ces poignards à lame sinueuse que les indigènes appellent *kriss*.

Sans réfléchir, agissant d'instinct pour sauver l'homme qu'elle aimait, Dominique, d'un bond, se jeta entre lui, qui était penché vers le lotus de pierre, et l'individu surgi de la jungle.

Dans son mouvement, elle heurta lord Hawkston qui, perdant l'équilibre, trébucha en avant contre la statue. Et l'arme, qui aurait dû l'atteindre, passa plus haut, par-dessus sa tête.

Au lieu de frapper lord Hawkston, elle atteignit Dominique mais, étant donné la taille de la jeune fille, ne fit qu'effleurer la couronne de cheveux qui auréolait son visage.

La force avec laquelle l'homme avait lancé le *kriss* la fit chanceler en arrière et elle fut clouée au tronc de l'arbre qui se trouvait un peu à gauche du Bouddha.

Le cri de frayeur poussé par Dominique alerta lord Hawkston qui, avec la rapidité de l'éclair, sortit son pistolet et fit feu sur l'agresseur.

A ce moment, il reconnut celui qu'il abattait, mais il était trop tard. C'était Laskshman.

Laskhsman, qu'il avait vainement cherché à joindre durant toute la matinée.

Quand la balle l'atteignit, l'homme tendit les mains en avant et tomba à la renverse dans l'étang sur un lit de lotus.

Lord Hawkston se retourna vers Dominique qui, évanouie, les yeux clos, bras ballants, les jambes un peu pliées, restait suspendue par ses tresses au tronc de l'arbre dans lequel l'arme s'était plantée.

En toute hâte, il la souleva par la taille pour pouvoir arracher l'arme, dont la lame était ensanglantée.

Presque tremblant, il étendit la jeune fille sur le sol pour l'examiner, mais elle n'avait pas même une éraflure au cuir chevelu. Le sang qui l'avait effrayé n'était pas celui de Dominique.

Il la transporta au bord de l'eau sans qu'elle reprenne connaissance.

Là, il lui aspergea le visage. Elle eut un gémissement, mais n'ouvrit pas les yeux.

Avant de la prendre dans ses bras pour la porter jusqu'à la maison, il inspecta la surface de l'étang. Il n'y avait plus aucune trace de Lakshman : le corps avait complètement disparu dans les profondeurs, et les lotus avaient repris leur place.

Seul le *kriss*, abandonné au pied du Bouddha, avec sa lame ensanglantée, indiquait qu'un meurtre avait failli être commis dans ce lieu paisible et qu'un couple avait été sauvé par un léger cri de femme et un diadème de tresses blondes.

Portant Dominique, lord Hawkston se hâta sur le sentier vers la maison.

Mais lorsqu'il atteignit la partie cultivée du jardin, il trouva Gerald, étendu face contre terre, sa chemise blanche couverte d'une tache écarlate, à l'endroit où l'avait atteint le *kriss* de Lakshman, au moment où le jeune homme rentrait pour le repas de midi.

Dominique s'étira.

Elle se souvenait d'avoir repris conscience plusieurs fois, mais ses idées et ses impressions restaient extrêmement confuses.

Quelqu'un lui avait donné à boire. Après quoi, elle était retombée dans le sommeil... un sommeil lourd, sans rêves, presque cataleptique.

Mais cette fois, c'était différent. Elle se sentait renaître, comme si elle ressuscitait après avoir longtemps vécu ailleurs, dans une sorte d'au-delà. Son esprit recommençait à fonctionner : elle ne voulait plus dormir, mais comprendre ce qui lui était arrivé.

Elle ouvrit les yeux, lentement, et, pendant un instant, se demanda où elle était. Il devait s'agir d'une chambre, puisqu'elle était dans un lit, et un lit très large, dont les colonnes touchaient le plafond.

Le soleil l'éclairait, à travers les rideaux à moitié tirés. Et les fenêtres étaient ouvertes sur la véranda.

Brusquement, elle comprit qu'elle se trouvait dans la chambre dont lui avait parlé lord Hawkston, *la Palmeraie*, qui était sa propre chambre lorsqu'il vivait ici, celle qu'il avait conçue et décorée lui-même, et que Gerald, une fois maître des lieux, avait condamnée.

L'évocation de lord Hawkston provoqua en elle un frisson d'angoisse. Maintenant, elle se souvenait ! Ils étaient près de la statue de Bouddha, au bord de l'étang couvert de lotus géants. Et soudain un homme avait paru, un homme à la face convulsée de haine qui avait lancé un poignard en direction de lord Hawkston.

Elle avait compris tout de suite, bien qu'elle ne l'eût pas encore rencontré, et sans que lord Hawkston eût prononcé son nom, que cet homme était le père de Sêêtha, venu pour assouvir sa vengeance, et faire payer par le sang l'humiliation et la douleur infligées à sa fille, et sa propre douleur après le suicide de son enfant.

Pour tant de souffrance et d'amertume, la mort de Gerald, pourtant seul responsable de son malheur, ne pouvait lui suffire. Il lui fallait aussi tuer tout homme blanc vivant dans sa maison, et qu'il considérait comme complice. Et surtout celui par la faute de qui Gerald Warren était devenu le maître de Sêêtha. Celui de qui il tenait son autorité et son pouvoir.

Avant de s'évanouir, elle se rappelait avoir entendu le coup de feu tiré par lord Hawkston. Elle avait vu Lakshman tendre les mains en avant et tomber à la renverse dans l'étang. Mais elle ignorait si l'homme était mort.

« Depuis combien de temps suis-je couchée ? Quand cela est-il arrivé ? » se demanda-t-elle.

Certainement beaucoup d'heures s'étaient écoulées depuis son évanouissement, mais ce pouvait être aussi bien deux heures que deux jours. Le soleil était encore haut dans le ciel et il était environ 1 heure de l'après-midi à leur arrivée près de l'étang des lotus.

Ce drame la tourmentait mais, bizarrement, elle s'aperçut qu'elle n'avait plus peur et se sentait presque sereine.

D'où lui venait ce sentiment de paix intérieure ? Car, en ce qui concernait son propre problème, rien n'était changé. Etait-ce parce qu'elle reposait dans la chambre de lord Hawkston ? Suffisait-il qu'elle se sente dans l'intimité de son atmosphère familière pour, même seule, se sentir protégée ? Laissait-il, sur les objets qu'il touchait, dans l'air qu'il respirait, des particules de sa force tranquille ?

Souriant à cette pensée farfelue, elle regarda autour d'elle et resta éberluée.

Les colonnes du lit étaient sculptées en tronc de palmier ; le plafond n'était qu'un ensemble de voussures dont les extrémités s'appuyaient sur d'autres colonnes sculptées comme celles du lit. Ainsi tous les deux mètres environ, tout autour de la pièce, se dressait un palmier. Et derrière ces palmiers les murs ne formaient qu'une immense fresque représentant la jungle.

Quant au plafond, ses voussures peintes étaient autant de palmes semblant jaillir des troncs, sur un fond bleu qui évoquait le ciel.

Fascinée, Dominique oublia tout pour examiner en détail ce décor fantastique. Les peintures murales étaient vraiment extraordinaires ; toutes les plantes rampantes et grimpantes de la jungle s'y mêlaient : volubilis, vigne vierge, et l'espèce appelée *kudumirris* qui ne se contente pas de vivre sur un arbre mais lance ses tentacules de l'un à l'autre, formant un véritable réseau...

De la cime d'un arbre à l'autre, les lianes s'élançaient en d'élégants festons.

Et naturellement il y avait les fleurs ! Des orchidées de toutes tailles et de toutes couleurs, des magnolias, des camélias, des rhododendrons, des roses.

C'était si merveilleux et si inattendu que Dominique, accoudée à son oreiller, ne se lassait pas de regarder, de découvrir de nouveaux détails plus extraordinaires les uns que les autres.

Elle reconnaissait des oiseaux : le faucon, le martinet gris, le martinet noir. Il y avait aussi des halcyons, ou rois-pêcheurs, petits, au bec rouge vif, au corps d'un bleu saphir resplendissant.

Puis elle vit des guêpiers au corps vert, et des oiseaux de paradis avec leurs riches plumes couleur noisette, si légères. Des loriots or et noir, des pittas à la queue bleue, et des pigeons gris d'argent...

Comment lord Hawkston avait-il eu l'idée de se faire une chambre si originale, si excentrique, si drôle... Et si belle !

Dominique se souvint qu'il lui avait confié, en effet, que sa chambre était unique.

Elle se haussa encore davantage sur les oreillers pour jouir d'une vue plus large de l'ensemble.

Alors, elle découvrit ce qu'elle n'avait pu encore apercevoir : des singes dans un arbre, puis, dans une encoignure, une sorte de sanglier que Dominique savait être une créature joyeuse, et amusante, à moins qu'il ne soit cornu, auquel cas il était terriblement sournois et malfaisant.

Au milieu de délicats feuillages, un ours voisinait avec une panthère et un léopard...

Mais ce qui l'émerveilla le plus, ce furent les papillons de toutes tailles et de toutes couleurs, et les lézards, qu'elle s'amusait parfois à apprivoiser quand elle était enfant.

Elle parvenait difficilement à croire à cette chambre, à ces palmiers, à ces murs couverts d'images fantasmagoriques... Comment un homme qui ne se prétendait pas artiste avait-il pu concevoir et exécuter tout cela...

Dominique se sentait projetée dans un monde magique, un monde de légende.

Cette impression, cette espèce de vertige s'atténua assez vite. Il lui fallait se rendre à l'évidence, le décor féerique où elle se tenait était bien réel, c'était le décor d'une chambre de lord Hawkston, tel qu'il l'avait voulu.

Quel homme étrange, imprévisible !... Peu de ses amis, surtout en Angleterre, le soupçonnaient d'être aussi extravagant, fantaisiste, anticonventionnel au point de concevoir une pareille chambre...

« C'est parce qu'il adore ce pays, se dit-elle. Il éprouve le besoin d'être plongé dans son ambiance même pendant son sommeil. »

Elle comprenait ce sentiment, mais aussi que Gerald le haïssait, ce pays, autant que son oncle l'aimait.

La seule pensée de Gerald l'assombrit. Elle l'avait presque oublié. Dans l'euphorie où l'avait plongée l'exaltante découverte de ce décor, Gerald s'était évanoui comme un mauvais rêve.

Mais il lui fallait revenir sur terre. C'est quand elle était éblouie et heureuse, qu'elle rêvait ! La réalité était différente. La réalité, c'était Gerald !

Soudain, la porte s'ouvrit devant une servante.

Dominique ne l'avait pas encore vue et cependant ses traits lui rappelaient quelqu'un. Sans doute cette femme s'était-elle penchée sur elle pendant son inconscience. Sa mémoire en avait gardé le souvenir, mais pas son esprit...

Elle souriait. D'après ses traits, elle était certainement anglaise. Ce ne pouvait donc pas être une servante, comme l'avait immédiatement pensé Dominique en voyant une silhouette féminine pénétrer dans la pièce.

Son visage était agréable. Mais elle portait un corsage blanc un peu froissé, comme sa jupe, avec des cheveux relevés en chignon.

— Vous êtes réveillée ! s'exclama-t-elle. Je pensais bien que vous le seriez.

— Y a-t-il longtemps que je dors ?

— Trois jours !

Comme Dominique la regardait, incrédule, elle ajouta :

— Je crois qu'il est préférable que je me présente moi-même. Je suis Mme Smithson, et j'ai été chargée de veiller sur vous.

— Je vous en remercie. Vous êtes infirmière ?

Mme Smithson alla tirer les rideaux pour donner un peu plus de jour.

— Pas exactement. Je suis ce que l'on appelle une missionnaire médicale. Mais le terme d'infirmière serait plus exact, car je suis garde, soignante, assistante, tout ce qu'on veut... Si quelqu'un est blessé ou malade dans ce coin perdu, je suis la seule à qui l'on puisse faire appel, car personne d'autre ne consent à faire le trajet depuis Kandy.

Elle revint vers le lit.

— Et je suis bien aise de vous avoir trouvée réveillée, mademoiselle Radford, car je suis obligée de partir et j'étais venue vous le dire.

Un peu désorientée, Dominique s'inquiéta :

— Mais... est-ce que lord Hawkston ?... C'est lui qui vous a appelée ? Vous lui avez parlé ?

— Oui, mais lord Hawkston est absent pour le moment. Il reviendra dans l'après-midi, par le train. Il a dû aller à Kandy pour les obsèques.

— Quelles obsèques ?

Très naturellement, Mme Smithson répondit :

— Celles de son neveu, M. Gerald Warren.

Les yeux de Dominique s'étaient agrandis de surprise, elle fixait son regard sur l'infirmière comme si elle ne comprenait pas ce que celle-ci venait de dire.

— Lakshman l'a tué, avant d'attenter à la vie de lord Hawkston, précisa Mme Smithson. Il paraît que, sans vous, il aurait commis un second meurtre ! Lord Hawkston m'a raconté que vous lui aviez sauvé la vie.

Dominique balbutia, comme pour elle-même :

— Lakshman a tué Gerald !

— Oui. Il n'a certainement pas souffert. Il est mort sur le coup. Le *kriss* indigène est une arme mortelle, qui ne pardonne pas.

Comme Dominique se taisait, Mme Smithson, voyant qu'elle ne ferait aucun commentaire, reprit :

— Je comprends que c'est un choc terrible pour vous. Croyez que j'en suis désolée. Mais l'on ne peut rien contre l'irréparable. Le mieux est d'oublier tout cela, le plus vite possible. Il arrive que de tels drames se produisent ici, mais, heureusement, ce n'est pas fréquent, je m'empresse de le dire.

— Et Lakshman ?... Est-ce que... est-ce qu'il est mort ? Lord Hawkston l'a-t-il tué ?

Dominique avait hésité à poser cette question de façon plus directe, de peur de commettre une maladresse, dans l'ignorance où elle était des récents événements.

Et Mme Smithson elle-même, curieusement, préféra ne pas y répondre. Il lui parut plus intéressant d'exposer son point de vue sur la personnalité de l'homme qui avait tué Gerald :

— Oh ! Lakshman... il était complètement fou, ce malheureux ! Il y a quelques mois, je l'avais soigné pour une infection à l'œil et j'avais déjà constaté que ça ne tournait pas rond, dans sa tête... C'était un énergumène, au caractère très difficile, et que personne ne voulait plus employer.

Se penchant par-dessus le pied du lit, elle regarda Dominique bien en face :

— Oubliez tout cela, mon enfant. Et si vous voulez

me permettre de vous donner un conseil, voici ce que vous devriez faire : vous lever, descendre, et vous tenir prête à accueillir gentiment Son Honneur lorsqu'il arrivera.

— Comment se fait-il que j'aie dormi si longtemps ? Je suis sûre de m'être réveillée plusieurs fois. Je vous ai reconnue, tout à l'heure... J'ai donc gardé votre souvenir. Je ne comprends pas pourquoi je suis retombée dans une sorte de léthargie...

— J'ai obéi au désir de lord Hawkston. Et il avait parfaitement raison de vouloir vous laisser dormir deux ou trois jours, après l'émotion que vous avez éprouvée. Vous étiez nerveusement ébranlée... Et d'apprendre, aussitôt après cela, la mort de M. Warren risquait d'aggraver votre état. Cette cure de sommeil vous a permis de retrouver votre équilibre.

— Alors... vous m'avez droguée ?

— Non, non, on ne peut pas appeler cela une drogue. C'est inoffensif. Je vous ai fait boire une tisane, un mélange d'herbes que je donne aux femmes en couches, et qui, sans empêcher le travail de se faire, chasse la douleur. C'est un breuvage sans danger. Quand vous aurez bu une tasse de thé bien fort, vous vous sentirez tout à fait d'aplomb.

Se redressant, elle affirma, fière et péremptoire :

— Car, comme je le dis toujours, notre bon thé de Ceylan est un tonique extraordinaire... bien supérieur au café.

Elle allait poursuivre, quand son regard rencontra la pendule :

— Oh ! il faut que je parte ! Le temps passe si vite... Je vais dire à vos servantes de vous apporter du thé et de vous préparer un bain. Je suis désolée de ne pouvoir rester pour faire plus ample connaissance avec vous. Mais nous sommes sans aucun doute appelées à nous revoir.

— Pourquoi devez-vous partir ?

— C'est ce que j'avais commencé à vous expliquer. Voudriez-vous avoir l'obligeance d'expliquer à Son Honneur que Mme Davison, dont le mari possède une plantation sur l'autre versant de la colline, va avoir incessamment son bébé, et qu'ils m'ont fait appeler auprès d'elle. Je suis sûre qu'il comprendra et qu'il m'excusera de vous avoir laissée. D'autant que vous n'avez plus besoin de moi.

— Bien sûr, qu'il comprendra. Quant à moi, je vous remercie de vos soins.

— Ce fut un plaisir... D'ailleurs, je vais vous faire une confidence : je me jetterais au feu pour Malcolm Hawk — oh ! pardon : pour lord Hawkston... Dites-lui de ma part, je vous prie, que plus longtemps il restera ici et mieux cela vaudra pour tout le monde. Nous avons besoin de lui !

— Je vous promets de lui transmettre votre message.

Avec un sourire, Dominique tendit la main et Mme Smithson la serra vigoureusement :

— Au revoir. Prenez bien soin de vous, mademoiselle Radford. Et ne vous tracassez pas trop pour ce qui est arrivé. Il y a toujours des lendemains... C'est ma devise et, croyez-moi, elle est réconfortante. Il faut toujours regarder devant soi, et jamais derrière. Ce qui est fait est fait, on n'y peut rien. Le mieux est de n'y plus penser, autant que faire se peut.

Dominique esquissa un petit sourire triste :

— J'essaierai...

— Eh bien, je m'en vais, cette fois... Je passerai sûrement un de ces jours vous faire une petite visite... Au revoir !

Après son départ, Dominique se cala contre les oreillers.

Ainsi, Gerald était mort !

Quelle terrible nouvelle... Elle aurait dû en éprouver du regret, sinon du chagrin... mais elle ne pouvait s'empêcher de n'en ressentir qu'un immense soulagement.

Elle ne deviendrait pas sa femme. Cette mort la libérait de l'engagement pris envers lord Hawkston.

Mais, soudain, un autre problème se présenta à son esprit.

Ne pas épouser Gerald, alors qu'elle était venue pour cela, signifiait sans doute qu'elle devrait repartir. Immédiatement ? Ce serait terrible de devoir déjà s'arracher à ces montagnes. De reprendre la vie qui avait été la sienne avant que lord Hawkston ne la fasse pénétrer dans un monde enchanté dont elle n'avait jamais imaginé l'existence sur cette terre !

Un monde où, comme dans les contes, le drame menaçait, où des dangers vous entouraient, ainsi que d'étranges passions... mais un monde si beau, si extraordinaire qu'elle se sentait transformée jusqu'au fond de son être depuis qu'elle y avait pénétré.

Grâce à lord Hawkston...

Brusquement, de songer à lui, elle se sentit soulevée d'une impatience heureuse, les forces lui revinrent comme sous l'effet d'un cordial... Elle allait le revoir, lui parler... Bientôt il serait là de nouveau !...

Cette perspective chassa en elle toute autre pensée. Gerald, Lakshman, ses trois jours de lit, le passé, l'avenir... tout cela, pour l'instant, n'avait pas de sens, pas d'importance.

Dans une heure ou deux il serait devant elle, elle le verrait, il lui prendrait la main, il lui sourirait... Il serait là !... Il serait là !...

Elle était assise dans le salon lorsqu'elle entendit l'attelage qui était allé chercher lord Hawkston à la gare. L'oreille tendue, elle identifiait tous les bruits : les roues crissaient un peu, les sabots des chevaux ne frappaient plus le sol. En ce moment, il devait se lever, descendre de voiture, monter le perron...

La porte de la maison était presque toujours ouverte à double battant pour laisser pénétrer la fraîcheur et créer un courant d'air. Du salon, Dominique entendit brusquement résonner dans le hall son pas et sa voix. Son cœur fit un bond dans sa poitrine.

Il commanda aux domestiques accourus à sa rencontre :

— Préparez-moi un bain, je veux avant tout me laver et me changer.

— Votre bain est déjà prêt, *durai*.

Maintenant, il montait l'escalier. Sa chambre était au premier étage, depuis qu'il avait fait rouvrir les chambres du haut pour installer Dominique à *la Palmeraie*.

En l'attendant, elle avait découvert cela et bien d'autres choses encore. Durant ces trois jours, il avait réorganisé la maison, et Dominique y avait noté de nombreux changements.

Le nombre des serviteurs avait considérablement augmenté et tout rutilait de propreté. En descendant l'escalier, Dominique avait vu les marches cirées, les tapis brossés, plus un grain de poussière. Les dalles du hall faisaient penser à un grand miroir.

S'étant penchée à la fenêtre, elle avait pu constater que des hommes travaillaient au jardin. Ils arrachaient les mauvaises herbes et les rejetons d'arbustes, remplaçaient les fleurs déracinées par les léopards, arrosaient la pelouse.

Dans la maison même, quelques meubles avaient été déplacés, ayant vraisemblablement retrouvé l'endroit où lord Hawkston désirait qu'ils fussent lorsqu'il avait conçu la décoration des pièces.

Le salon était fleuri comme une serre et, dans sa chambre, Dominique avait trouvé de larges coupes remplies de fleurs coupées.

Il n'était pas une table, pas un meuble du salon qui ne supportât un bouquet. Dans le hall, des lys s'épanouissaient dans de grands vases posés à même le sol et dont le doux parfum embaumait la maison tout entière.

Après avoir bu son thé dans son lit, Dominique

passa à la salle de bains beaucoup plus de temps que d'ordinaire, pour se faire aussi belle que possible.

Elle avait un peu maigri durant ces trois jours de sommeil et ses grands yeux semblaient dévorer ses joues, rendant plus fin encore son petit visage en forme de cœur.

L'idée de se coiffer comme elle l'était auparavant lui fut insupportable. Sa couronne de tresses, dans laquelle s'était planté le *kriss* de Lakshman, la fit frissonner quand elle vit son reflet dans la glace. Plus jamais elle ne pourrait se voir ainsi sans évoquer cet instant d'indicible frayeur.

Elle dénoua ses tresses et ramena ses cheveux sur sa nuque en un lourd chignon, espérant que lord Hawkston ne trouverait pas cela trop démodé, trop « puritain ».

Elle choisit parmi ses robes la plus jolie, la plus élégante, puis se demanda, en la voyant sur elle, si une autre ne lui siérait pas mieux.

Il ne lui fallait pas commettre d'erreur. Elle devait se montrer à lord Hawkston sous son meilleur jour. Tout son avenir dépendait de sa décision. Quoiqu'elle répugnât à envisager cette possibilité, il pouvait parfaitement la renvoyer. La raison pour laquelle il l'avait amenée ici n'existait plus.

Pourrait-il en trouver une autre qui lui permît de rester ? Elle était prête à devenir sa servante. C'était même la seule solution envisageable.

Elle était capable de tenir cette maison, de le décharger de ce souci... Mais elle ne pouvait le lui proposer. Il faudrait qu'il y songe de lui-même.

Mais s'il y pensait, jugerait-il cela convenable, aux yeux des gens ?

Tandis qu'elle l'attendait, dans le salon, cherchant vainement à calmer les battements désordonnés de son cœur, Dominique sentait ses lèvres devenir sèches. Peu à peu, une sorte d'angoisse s'empara d'elle, que chaque minute d'attente rendait plus pénible.

Pourquoi tant d'impatience à être fixée sur son sort quand il était plus que probable que, très gentiment, très amicalement, comme toujours, lord Hawkston lui expliquerait qu'il avait prévu pour elle une rente, ou une pension, qui la débarrasserait désormais de tout souci matériel, mais qu'il lui fallait rentrer à Colombo, chez son père, comme une petite fille bien sage, puisqu'elle avait perdu son fiancé ?

« Comment pourrai-je le supporter ? Comment vais-je réagir ? » se demandait-elle.

Elle avait peur d'éclater en sanglots, de se suspendre à lui, comme elle l'avait fait la nuit où elle avait été tellement effrayée par les léopards. Quelle humiliation ce serait !... Quelle faiblesse ! Quel manque de caractère, de courage !...

Il la prendrait vraiment pour une enfant irresponsable, incapable d'affronter les vicissitudes de l'existence ; il la plaindrait peut-être, mais elle perdrait le peu d'estime qu'il lui accordait encore.

Elle ne voulait pas de sa pitié, ni de son indulgence... Elle voulait qu'il la juge digne de le servir, courageusement, intelligemment. Qu'il voie en elle une femme, et une femme forte, pas une gamine. Qu'avait-il à faire d'une gamine ?

Mais, après tout, s'il était décidé à la renvoyer, qu'importait ce qu'il penserait d'elle, puisqu'elle ne le verrait plus ? Plus jamais ?

Soudain, elle entendit son pas et il entra dans la pièce. Elle resta figée, incapable de desserrer les lèvres. Incapable d'autre chose que de se lever de son siège et de rester là, debout, immobile, les genoux tremblants.

— Dominique ! s'écria-t-il.

Elle retint son souffle, attendant la suite.

— J'espérais bien vous voir debout. Mme Smithson m'avait averti que vous alliez mieux et qu'elle envisageait d'interrompre le traitement. Mais où est-elle ? Un des valets m'a annoncé qu'elle avait quitté la maison.

Dominique fit un effort terrible pour répondre. Sa voix lui parut venir de très loin :

— Elle m'a priée de vous dire que... que les Davison attendaient leur bébé d'une heure à l'autre et que... il fallait qu'elle y aille... Que sûrement vous comprendriez...

Il s'approcha d'elle :

— Evidemment, je comprends. C'est tout naturel... Néanmoins c'est bien fâcheux pour moi.

Dominique reprit espoir.

S'il estimait fâcheux que Mme Smithson ne soit plus là, entre eux, pour lui servir de chaperon aux yeux de l'opinion, c'est qu'il entendait la garder encore un peu auprès de lui. S'il avait eu l'intention de la renvoyer à Colombo par le premier train, il se soucierait peu du départ de l'infirmière.

Des domestiques apportèrent des sandwiches et des boissons fraîches.

Lord Hawkston prit un verre et s'avança à pas lents jusqu'à la fenêtre :

— Il faisait terriblement chaud à Kandy. J'avais hâte de revenir.

Les domestiques quittèrent la pièce, mais Dominique ne trouvait toujours rien à dire. Elle ne savait que contempler lord Hawkston en silence, en se disant qu'il était beau, élégant et parfaitement à l'aise dans un costume blanc d'une coupe parfaite.

Il se retourna pour lui faire face.

— Comment vous sentez-vous, maintenant, Dominique ?

Elle nota dans sa voix comme une nuance d'anxiété.

— Je... je me sens... très bien.

— J'en suis très heureux.

Il alla reposer son verre vide :

— C'est tout de même ennuyeux que Mme Smithson ait dû partir inopinément. J'avais espéré qu'elle serait là pendant que vous et moi envisagerions l'avenir, et maintenant vous êtes seule, sans protection ni... chaperon...

— Est-ce tellement important pour moi ?

— Vis-à-vis du monde, oui, Dominique. Vous savez très bien qu'il est incorrect qu'une jeune fille se trouve seule dans la maison d'un célibataire. Tant que vous étiez la fiancée de Gerald, c'était moi, son oncle, qui me portait garant de votre conduite à tous deux. Maintenant, tout est différent...

Il se tenait debout devant la cheminée, mains derrière le dos. Après un moment de silence, Dominique demanda, d'une toute petite voix :

— Alors vous... vous allez me renvoyer ? Tout de suite ?

Il baissa la tête et retourna à la fenêtre en regardant le sol :

— J'ai réfléchi à cela, Dominique. Pour tout vous dire, durant ces derniers jours je n'ai guère pu penser à autre chose. Je ne vois que deux solutions.

— Ah ! oui ? Lesquelles ?

Puisqu'il entrevoyait deux solutions, Dominique pensa immédiatement que tout n'était peut-être pas perdu. Et elle attendait, la gorge serrée.

— La première, naturellement, est que vous retourniez dans votre famille. Et puisque vous alliez épouser mon neveu, je juge équitable, dans ce cas, de vous allouer une somme assez confortable qui vous dédommagerait du préjudice subi.

Elle protesta vivement :

— Non. Cela ne serait pas nécessaire.

— J'estime, au contraire, que cela le serait. Mais, connaissant votre père, vous n'en profiteriez guère, et même pas du tout. C'est à lui que je devrais remettre cet argent, puisque vous êtes encore sous sa tutelle, et il estimera toujours qu'autour de vous des gens en ont plus besoin que vous. Il distribuera donc cet argent à droite et à gauche, ce qui est infiniment plus sympathique que de le jouer aux cartes ou de le boire, mais le résultat sera le même : ce que j'aurai donné pour vous ira ailleurs.

C'était trop vrai pour que Dominique ose le contredire.

— Ou alors, seconde solution... je peux vous emmener avec moi en Angleterre.

Il se tourna vers elle pour voir sa réaction : tout son visage s'était illuminé de joie.

— Une fois là-bas, il me sera facile de vous trouver un époux convenable.

La lueur de joie s'éteignit.

Leurs regards se rencontrèrent et ce fut comme si ni l'un ni l'autre ne pouvaient détourner le sien.

Ils restaient immobiles, leurs souffles suspendus...

Dominique parvint à articuler, dans un murmure à peine audible :

— Gardez-moi... gardez-moi...

— Songez à ce que vous demandez, Dominique... Je suis trop âgé pour vous.

Elle semblait n'avoir pas compris ses paroles. D'un élan incontrôlable, elle vint se jeter dans ses bras et se blottit contre lui comme elle l'avait fait lors de cette nuit d'épouvante.

Lord Hawkston l'entoura de ses bras et ce fut pour elle le paradis, quand elle sentit l'étreinte tant désirée.

— Je vous dis que je suis trop vieux, répéta-t-il, mais sa voix avait un son grave et rauque qu'elle ne lui connaissait pas.

— Je vous aime !

Ces mots, elle les avait chuchotés mais il les perçut clairement.

— En êtes-vous sûre ? Oh ! ma chérie, en êtes-vous bien sûre ?

Elle releva la tête pour le regarder de tout près.

Il scruta son regard, un long moment, puis brusquement il l'étreignit avec fougue et posa ses lèvres sur sa bouche.

Pour Dominique, ce fut comme si le monde entier s'illuminait dans un poudroiement d'or aveuglant.

Elle sentit que ce baiser la ravissait à elle-même, l'emportait dans un état d'apesanteur où tout était merveilleux, exquis, délicieusement émouvant. C'était ce qu'elle avait cherché dans la musique ou tenté de surprendre dans le souffle du vent tiède et doux passant sur la colline.

C'était aussi la brillance des fleurs de Kandy et l'enchantement quasi mystique de la jungle...

— Je vous aime ! Je vous aime !

Elle ne savait pas si elle prononçait vraiment ces mots ou si son extase les transmettait en un langage muet et secret que les amants comprennent.

Elle l'aimait avec une telle intensité qu'elle était déjà une partie de lui, fondue en lui, comme elle le sentait se fondre en elle ; ils ne faisaient plus qu'un ; désormais ils n'étaient pas un couple, mais un seul être...

Ce fut lord Hawkston qui enfin se détacha doucement :

— Ma chérie, mon amour... C'est de la folie ! Nous sommes fous ! Il vous faut épouser un garçon de votre âge.

— Personne, personne... il n'y a que vous au monde !

— Vous le pensez sincèrement ?

— Je l'ai pensé dès que je vous ai connu, dès le premier instant. Mais j'ignorais, je ne pouvais savoir que c'était déjà l'amour. Vous seul m'intéressiez, vous seul existiez pour moi, mais j'étais si loin de penser à aimer !

Il prit de nouveau ses lèvres et elle sentit tout son être frémir sous l'effet d'un plaisir dont elle ignorait jusqu'à l'existence.

Alors, penché sur elle, il contempla ardemment son visage radieux et demanda :

— Quand avez-vous su que vous m'aimiez ? Dites-le. Je veux savoir.

— Je crois... le jour où vous avez fait preuve de tant de compréhension, de gentillesse, en décidant d'offrir à chacune de mes sœurs une robe et un bonnet, et quand vous avez demandé à Mme Fernando que chaque toilette soit différente. De la part d'un homme, c'était d'une délicatesse extraordinaire, la preuve que vous aviez l'intelligence du cœur... Avoir l'idée d'offrir des robes, c'était déjà magnifique, mais se donner la peine de se mettre à la place de chacune d'entre nous pour deviner l'attention qui ferait de chaque cadeau quelque chose d'unique, de personnel, et non pas commandé en série... Là, vraiment, je me suis dit qu'aucun homme ne pouvait vous être comparé. Je vous admirais déjà, j'ai commencé à vous aimer...

Elle eut un petit soupir de bonheur et reprit :

— Et lorsque vous vous êtes montré si habile, avec Prudence, en lui disant qu'il fallait qu'elle mange si elle voulait briller au bal que vous donneriez pour elle, plus tard... alors là, j'ai su...

Elle s'interrompit en rougissant. Il insista :

— Qu'avez-vous su, ma douce ?

— J'ai su que... c'est ainsi que j'aimerais que soit envers mes enfants... lorsque j'en aurais... (Honteuse, elle cacha son front dans le cou de lord Hawkston pour achever sa phrase :) ... celui qui serait leur père, et serait mon époux.

Il la serra si fort contre lui qu'elle en eut le souffle coupé. Mais ce n'était pas encore, toutefois, ce qu'il attendait d'elle :

— L'amour, ma toute petite chérie, ce n'est pas encore tout à fait cela. Cherchez bien... N'y a-t-il pas eu autre chose ? De moins raisonné, de plus... mystérieux, et cependant très fort ?

— Si... Cela s'est passé quand nous étions à Kandy. Je voyais tout si beau, si exaltant, que je pensais... à l'amour, justement. Mais pas à vous, à l'amour... Je me disais qu'il devait être bon d'aimer dans un décor pareil où tout, les parfums, les fleurs, le paysage, y invite... C'était très vague, mais curieusement, j'étais oppressée par le bonheur, alors que je ne pensais pas aimer : je soupirais après l'amour. Et puis...

— Et puis ?... Dites !

— Quand je me suis réveillée dans votre chambre et que j'ai revu cela peint sur les murs, j'ai revécu ces instants... Et la vérité m'est apparue. J'aimais, alors !... J'avais raisonné à l'envers... Ce n'est pas parce que tout était si beau que je rêvais d'amour, c'est parce que j'aimais que tout m'avait paru si beau !... Et parce que vous étiez là, près de moi. Je vous aimais de toute mon âme, de tout mon être... Mais vous, je croyais que vous me dédaigniez, que j'étais juste assez bonne, à vos yeux, pour devenir la femme de votre neveu. En aucun cas la vôtre.

Il avoua :

— Pourtant, moi je vous ai aimée dès le premier instant. J'ai compris que votre existence était très pénible et j'ai voulu vous en arracher. J'étais trop âgé pour vous, mais je voulais au moins vous protéger, faire votre bonheur si possible... Je me serais contenté d'être aimé comme un oncle, ou comme un père...

Il eut un léger rire :

— Il ne m'était jamais arrivé de vouloir prendre soin d'une femme et de me faire son protecteur, non pour mon plaisir mais pour le sien. Brusquement j'avais envie — ce qui me surprit beaucoup moi-même — de devenir un rempart entre l'adversité et vous, de me dresser comme un chevalier du Moyen Age pour vous défendre contre tout ce qui risquait de vous atteindre.

— C'est sans doute parce que je l'avais obscurément pressenti que cette fameuse nuit j'ai couru me réfugier sous votre protection. Je savais que rien ne pourrait m'arriver si j'étais avec vous.

— Et il en sera toujours ainsi désormais. Je me souviens qu'en vous voyant dans votre robe de mariée, chez Mme Fernando, j'ai su que vous étiez l'incarnation de tout ce qu'un homme peut désirer, de tout ce qu'il peut attendre de la jeune fille qu'il mène à l'autel. Vous étiez belle, adorablement belle, et, cependant, je devinais en vous un caractère, une personnalité qui laissaient deviner la compagne, et non la servante soumise ; une âme altière et droite, ennemie de la ruse et des mensonges, même pieux. Une femme, enfin, telle que je la souhaitais pour moi-même et que j'allais, pour la prospérité du nom et de la ligné, offrir à mon neveu. J'aurais dû me douter qu'en raison même de vos qualités, l'échec était possible. Si j'y ai pensé, j'ai sans doute refusé inconsciemment de croire en cette éventualité. Je vous voulais !

Il l'embrassa tendrement sur le front :

— Et c'est pour moi que, demain, vous porterez cette robe. Pour moi-même !... Ma chérie, je suis terriblement heureux. Oui, terriblement, car je n'ai jamais éprouvé un tel sentiment de victoire. Vous êtes ma plus chère, ma plus précieuse conquête, et cependant je n'ai rien fait pour vous conquérir, malgré l'amour que vous m'inspiriez... C'est cela qui est merveilleux.

Il prit le visage de Dominique entre ses mains pour la regarder longuement.

Dans les yeux de Dominique brillaient des larmes. Deux s'en échappèrent, roulèrent sur ses joues, tandis qu'elle se mordait les lèvres pour en retenir d'autres.

— Pourquoi pleurez-vous ?

Elle baissa la tête et il la lâcha en répétant, inquiet cette fois, car il comprenait que ces larmes, contrairement à ce qu'il avait cru, n'étaient pas des larmes de bonheur :

— Pourquoi pleurez-vous ?

— Parce que... C'est un beau rêve, mais ce n'est qu'un rêve... Vous m'aimez, et c'est merveilleux ! Mais m'épouser ?... Si nous restions ici, à la plantation, oui, ce serait possible, mais songez qu'il vous faut retourner en Angleterre !... Là-bas vous êtes un personnage très important. Au milieu de vos relations, des comtes, des ducs, des ladies de noble lignée, vous aurez honte de moi. Vous regretterez de...

Il lui prit le menton pour l'obliger à le regarder de nouveau :

— Jamais je ne le regretterai ! Il n'est pas un seul de mes amis qui, lorsqu'il vous connaîtra, ne soit ébloui par vous comme par le soleil même. Vous êtes mienne, Dominique, vous avez été créée pour m'appartenir à jamais, jusque dans l'éternité. Et peut-être avons-nous déjà été unis dans des vies antérieures. Nous sommes les deux moitiés de l'orange, vous savez ?... Qui doivent se trouver pour former le fruit d'or, et ceci à travers les siècles. J'en suis sûr.

— Pour l'éternité ?... répéta Dominique, extasiée.

— Oui, mon amour... Et, persuadé que cela vous remplira de joie comme moi, je vais vous confier mes projets. J'ai l'intention de venir vivre ici six mois par an. Ce n'est pas un voyage tellement long, depuis l'Angleterre. Nous irons là-bas à la belle saison, remplir nos devoirs envers la famille et nous occuper du domaine, et nous reviendrons ici avant l'hiver. Cela vous plaît-il ?

Elle eut un rire heureux, encore mouillé de larmes :

— Quelle question, mon amour !... Oui, cela me plaît. Mais je sais que je serais heureuse n'importe où, même en Sibérie, à condition d'y vivre avec vous.

ÉPILOGUE

Le ciel fourmillait d'étoiles brillantes, lorsque Dominique et lord Hawkston sortirent sur la véranda qui prolongeait *la Palmeraie*.

Elle portait la robe blanche dans laquelle, quelques heures plus tôt, elle était devenue, à l'église, lady Hawkston.

Pour le voyage de retour, par le train, depuis Kandy, elle avait mis un petit tailleur blanc, mais aussitôt à la maison, accédant au désir de son mari, elle avait revêtu de nouveau la robe nuptiale, dans laquelle il aimait la contempler.

Le mariage avait été des plus simples, et des plus discrets. James Taylor fut le seul témoin du marié.

Mais, pour Dominique, cette cérémonie n'en avait pas moins été un acte de consécration fervente et elle savait qu'il en était de même pour lord Hawkston.

A la fin du service, elle entendit James Taylor lui dire :

— Je suis très heureux pour vous, Malcolm. Vous aviez besoin d'une femme.

— Pour me tenir en bride ? plaisanta lord Hawkston.

— Non. Pour couronner dignement votre réussite. Après votre lune de miel, venez me voir. Je n'ai pas seulement de nouvelles méthodes de séchage du thé à vous montrer : je veux également vous présenter un jeune homme qui pourrait devenir votre intendant. Il est resté absent pendant deux ans, mais c'est un garçon remarquable et à qui vous pourrez accorder votre entière confiance.

Lord Hawkston remercia son ami et promit de se rendre à son invitation.

Le retour vers la maison fut très émouvant pour Dominique qui se dit que désormais elle était là chez elle, qu'elle allait y vivre avec l'homme qu'elle aimait...

Lorsque, de la route, elle la vit se découpant au-dessus de la vallée, comme un joyau, dans son écrin de fleurs et de verdure, dominant le miroir du lac, sa main chercha celle de son mari pour la serrer :

— Comme nous allons être heureux !

— Oui... Je sais, maintenant, que cette maison, c'est pour toi que je la bâtissais. Quand j'étais seul dans ma *Palmeraie*, je ressentais une sorte de malaise comme si cette chambre, à laquelle j'avais cependant apporté tous mes soins, n'atteignait pas cette perfection que je désirais tant. Qu'y manquait-il pour qu'elle devienne vivante ? Je le sais. Il y manquait ta présence...

Elle rougit violemment et lui, en souriant, prit sa main pour la baiser :

— Tu n'auras plus jamais peur de te trouver seule dans le noir, mon amour.

Ils avaient tellement soif de se regarder, et tant de choses à se dire, que le somptueux et délicieux repas préparé par le cuisinier s'était prolongé et que maintenant, de la véranda, il était trop tard pour assister au coucher du soleil.

La nuit était venue.

Tête levée, Dominique regarda le croissant de lune que de légers nuages semblaient faire se déplacer dans le ciel d'un bleu sombre et pailleté d'or...

Lord Hawkston avait suivi son regard. Il demanda :

— Sais-tu comment les gens d'ici appellent le premier quartier de lune ?

— Non. Dis-moi...

Le son seul de sa voix avait fait passer en Dominique un frisson, et son bras qui entourait sa taille lui donnait envie de sentir ses lèvres sur les siennes...

— Ils appellent ce croissant « la lune des amoureux ». Eh bien, pour nous aussi, ma petite femme chérie, ce sera ainsi. Quand la lune sera dans son premier quartier nous nous souviendrons du soir de nos noces.

— La « lune des amoureux » brillant sur le jardin d'Eden, répondit Dominique d'un ton rêveur, quel plus beau paysage peut-il y avoir au monde ? Et pour des amoureux comme nous, n'est-ce pas le plus magnifique présage ?

Elle appuya sa tête sur l'épaule de son époux qui la regarda avec adoration.

— Tu es belle ! murmura-t-il. Tellement belle !... Il faut que je t'avoue quelque chose.

— De grave ?

— Oh ! mon Dieu, non... Au contraire. Quand je suis venu à Ceylan pour la première fois, j'avais vingt et un ans. Je pensais, comme c'est le cas, je suppose, de tous les jeunes hommes, que tôt ou tard je tomberais amoureux d'une femme et que je l'épouserais. Mais cela ne s'est pas produit. Il est arrivé autre chose.

Dominique se redressa pour le regarder, un peu inquiète.

— Je suis bel et bien tombé amoureux, poursuivit-il, mais pas d'une femme. D'un pays... J'ai adoré Ceylan ! J'y ai trouvé tout ce qu'à mon idée un homme espérait trouver dans une femme. L'île était chaude et douce, accueillante, caressante... Et à côté de ces sensations purement sensuelles elle en offrait d'autres, de caractère spirituel : elle délivrait un message à ceux qui savaient l'entendre...

— Oui, je comprends... murmura Dominique.

Lord Hawkston enfouit tendrement sa bouche dans

la chevelure de sa femme d'où se dégageait un parfum de jasmin.

Pour lui, c'était le parfum même de Ceylan, et le plus spécifiquement féminin par son irrésistible douceur.

— Quelquefois, reprit-il, quand j'étais sur ma véranda, debout, regardant le paysage, il m'arrivait de me dire que je finirais ma vie célibataire et que c'était très bien ainsi. Quelle femme pourrait jamais me donner plus de joie que ce pays ; elle risquait bien plutôt de me le gâcher. Le désir que l'on a d'une femme est éphémère, sa beauté aussi, tandis que le mariage que j'avais contracté avec Ceylan me donnerait les mêmes joies, intactes, jusqu'à ma mort.

Lord Hawkston resserra son bras autour de la taille de Dominique :

— Et puis je t'ai rencontrée ! Et j'ai su que tu comblais seule tous mes désirs, tout ce dont je rêvais, que tu réunissais les qualités que je croyais ne jamais pouvoir découvrir en une seule femme. Tout ce que j'aimais en Ceylan, tu en étais le reflet, et plus encore !

Elle frémit :

— Et si je te décevais ?...

— Cela n'arrivera pas ! Nous aurons sans doute, comme tous les ménages, nos difficultés, des moments de calme plat et aussi des tempêtes, des orages, comme ceux qui s'abattent brusquement sur la vallée en un déluge de pluie... mais que le soleil sèche vite. Ce ne seront que des incidents sans gravité. Les fondations de notre amour sont solides, Dominique, crois-moi... Nous avons été créés pour appartenir l'un à l'autre, et rien ne sera jamais assez fort pour nous séparer. Je te le dis, tu es à moi, je suis à toi, jusqu'à la fin des temps.

— Adam et Eve, en somme ? sourit Dominique.

Doucement, il promena la bouche sur sa joue :

— Oui, tu es mon Eve. Tu représentes pour moi

tout l'amour du monde et je consacrerai ma vie à te le prouver.

Elle se tourna légèrement pour lui entourer le cou de ses bras et se suspendre étroitement à lui :

— Moi aussi, je t'aime... je t'aime...

Il la baisa sur les lèvres, puis le long de son cou, jusqu'à ses épaules et, sans cesser de l'embrasser, il dégrafa sa robe. Les petits seins offrirent leur blancheur de satin, leurs extrémités tendres et roses.

— Tu es semblable à la fleur du lotus, murmura-t-il passionnément. Je vais te cueillir, t'emporter...

La soulevant dans ses bras, et la tenant toujours captive sous ses baisers, il rentra dans *la Palmeraie*, et écarta les rideaux qui, derrière le couple enlacé, retombèrent.

Dans le ciel, la « lune des amoureux » montait doucement, répandant ses rayons argentés sur la vallée endormie.

Romans d'amour

L'amour : les meilleurs auteurs lui ont consacré leurs plus belles pages.

Demandez à votre libraire le catalogue semestriel gratuit.

ARLEN Leslie

Les Borodine (inédits)

1 - Amour et honneur (1226★★★★)
Au siège de Port-Arthur, un journaliste américain tombe amoureux d'Ilona, jeune princesse russe.

2 - Guerre et passion (1314★★★★)
Dans ce monde en flammes, les héros s'aiment et se déchirent.

3 - Rêves et destin (1364★★★★)
La vengeance des nouveaux maîtres de la Russie va poursuivre les Borodine au delà des frontières de leurs pays natal.

4 - Espoir et gloire (1425★★★★)
Dans l'Allemagne nazie, la guerre surprend certains des Borodine.

CARRIÈRE Jean-Claude

Lettres d'amour (1138★★★★)
Les plus belles pages inspirées par l'amour.

DELLY

Mitsi (890★★★)
Blessée dans son honneur, Mitsi pourra-t-elle pardonner à celui qu'elle aime ?

L'infidèle (1004★)
La fidélité à une épouse morte peut-elle interdire l'amour ?

Les deux crimes de Thècle (1015★★)
Au château de Mieulles les haines s'exacerbent jusqu'au drame.

Le fruit mûr (1053★)
Ecrasé par sa mère et sa sœur, pourra-t-il s'épanouir et rencontrer l'amour ?

Une misère dorée (1102★★★)
Une radieuse jeune fille aux prises avec des haines ancestrales dans un manoir autrichien.

La douloureuse victoire (1124★★)
Peut-on aimer une femme, alors que Dieu est tout amour ?

La lune d'or
(2 t. 1136★★★ et 1137★★★)
Dans la pampa, des hommes luttent pour punir les crimes d'un mauvais génie.

L'héritage de Cendrillon (1182★★★)
La méchanceté d'une femme va réduire Magdalena à l'état de Cendrillon.

Comme un conte de fées (1254★★)
Un pays enchanté où la vie avec le rêve se confond.

HEAVEN Constance

Le château sous la lune (995★★★)
A Vienne, Lisa redécouvre l'amour tandis que naît une révolution.

Marietta (1125★★★)
Dans ce château d'Ecosse, la mort rôde…

La reine et le gitan (1169★★★★)
Les amours tumultueuses d'Elisabeth Ire d'Angleterre.

Le maître de Ravensley (1242★★★★)
Alyne, aux cheveux d'or clair, est revendiquée par le nouveau maître de Ravensley.

HEYER Georgette

Pour l'amour de Cressy (1352★★★★)
Il est risqué, pour un jumeau, de se faire passer pour son frère auprès de sa fiancée.

HOLT Victoria

La nuit de la septième lune
(1160★★★★)
Helena a vécu un rêve, au réveil il ne reste qu'un cauchemar.
Ma rivale, la reine (1363★★★★)
L'amour va dresser contre Elisabeth Ire sa nièce et dame d'honneur, la belle Lettice.

JAGGER Brenda

Les chemins de Maison Haute
(2 t. 1436★★★★ et 1437★★★★)
Mariée de force à seize ans, elle lutte pour son bonheur.

KAYE M.M.

Pavillons lointains
(2 t. 1307★★★★ et 1308★★★★)
Au temps des Maharadjahs, Juli, princesse indienne, et Ash, le jeune Anglais élevé comme un Hindou, luttent pour leur amour.

KONSALIK Heinz G.

Amours sur le Don (497★★★★)
Un journaliste allemand est aimé par la belle Helena, agent du K.G.B., et par Nioucha, la sauvage fille cosaque.
Docteur Erika Werner (610★★★)
Par amour, elle s'accuse à la place de son amant indigne.
L'amour est le plus fort (1030★★★)
A Paris, un peintre sauve Eva du suicide. Pourra-t-elle le sauver à son tour ?
Amour cosaque (1294★★★)
A l'époque d'Ivan le Terrible, la passion indomptable d'une jeune Russe durant la conquête de la Sibérie.
Le mystère des Sept Palmiers
(1464★★★)
Trois hommes puis une femme s'échouent sur un île déserte.

McCULLOUGH Colleen

Les oiseaux se cachent pour mourir
(2 t. 1021★★★★ et 1022★★★★)
L'épopée vécue par Meggie et Ralph au cours de cinquante ans d'aventures et de passions à travers le continent austalien.
Tim (1141★★★)
L'histoire d'un amour que la société a condamné par avance.

MYRER Anton

Les derniers jours de l'été
(2 t. 1073★★★★ et 1074★★★★)
Peut-on épouser la fille qu'on aime quand on craint d'être son frère ?

SEGAL Erich

Love story (412★)
Le roman qui a changé l'image de l'amour.
Un homme, une femme, un enfant
(1247★★)
Un père peut-il introduire dans sa famille ce fils dont il apprend l'existence ?

STEEL Danielle

Leur promesse (1075★★★)
Reconnaîtra-t-il sa fiancée à qui la chirurgie esthétique a donné un nouveau visage ?
Une saison de passion (1266★★★★)
Kate est déchirée entre son mari infirme et Nick, l'homme de sa vie.

VALENTIN Louis

Les roses de Dublin (d'après la série télévisée de Pierre Rey) (1365★★★★
Il a connu une jeune Irlandaise une nuit, il ne se doute pas que leur fils a maintenant dix ans.

et tous les romans de Barbara Cartland et Guy des Cars

Achevé d'imprimer sur les presses de l'imprimerie Brodard et Taupin
7, Bd Romain-Rolland, Montrouge. Usine de La Flèche,
le 10 février 1984
1675-5 Dépôt Légal février 1984. ISBN : 2 - 277 - 21594 - 5
Imprimé en France

1594
★★

Editions J'ai Lu
27, rue Cassette, 75006 Paris
diffusion France et étranger : Flammarion